Die drei ???

1.000 Spuren
DEIN FALL
Deine Lösung

Die weiße Anakonda

Die drei ???

1.000 Spuren
DEIN FALL
Deine Lösung

Die weiße Anakonda

erzählt von Michael Kühlen

KOSMOS
bei CARLSEN

Unter anderem in der Reihe *Die drei ???* im Carlsen Verlag lieferbar:

Die drei ??? – Dämon der Rache
Die drei ??? – Der Geist des Goldgräbers
Die drei ??? – Die Spur des Spielers
Die drei ??? – Fußball-Teufel
Die drei ??? – GPS-Gangster
Die drei ??? – Im Schatten des Giganten
Die drei ??? – Im Zeichen der Schlangen
Die drei ??? – Zeit der Bestien (Dreifachband)
Die drei ??? – Insel des Vergessens
Die drei ??? und das blaue Biest
Die drei ??? und der Fluch des Rubins
Die drei ??? und der Karpatenhund
Die drei ??? und der Meister des Todes
Die drei ??? und der seltsame Wecker
Die drei ??? und der sprechende Totenkopf / und die brennende Stadt
Die drei ??? und der verschollene Pilot
Die drei ??? und der verschwundene Schatz / Die Rache des Untoten
Die drei ??? und die Geisterinsel
Die drei ??? und die rätselhaften Bilder
Die drei ??? Dein Fall: Hotel der Diebe

Für Nick

FSC www.fsc.org
MIX
Papier aus verantwortungsvollen Quellen
FSC® C083411

Veröffentlicht im Carlsen Verlag
Februar 2021
Mit freundlicher Genehmigung des Franckh-Kosmos Verlages
und der Universität Michigan

Based on characters by Robert Arthur
Umschlagbild: Helge Vogt, trickwelt.com
Umschlaggestaltung: formlabor
Corporate Design Taschenbuch: bell étage
Gesetzt von Dörlemann Satz, Lemförde
ISBN 978-3-551-31928-9

Liebe Leser und Leserinnen,

du kennst die drei ??? aus Rocky Beach? Du hast Justus Jonas, Peter Shaw und Bob Andrews schon bei früheren Fällen über die Schulter geschaut? Dann weißt du ja, dass Detektivarbeit viel Köpfchen, flinke Beine und gute Menschenkenntnis erfordert. Das alles bringen die drei jungen Detektive mit, aber für Unterstützung sie sind dennoch dankbar. Und da kommst du ins Spiel.
Immer wieder müssen die drei ??? bei diesem Fall schwierige Entscheidungen treffen: Wie verhalten sie sich, wenn vor ihren Augen eine gefährliche Schlange geraubt wird? Wem dürfen sie trauen? Wann empfiehlt sich die Flucht, wann ist es besser, zu bleiben? Und soll Justus wirklich sein gutes Hemd anziehen?
Hilf den drei ???, indem du ihnen als vierter Detektiv solche Entscheidungen abnimmst!
Das ist keine einfache Aufgabe: Nicht alles ist so, wie es scheint, und nicht jede Spur bringt dich zum Ziel. Ein früher Erfolg kann ins Leere führen, und wenn die drei ??? denken, alles sei vorbei, nehmen die Ermittlungen möglicherweise erst richtig Fahrt auf.
Da hilft es, wenn wenigstens *du* einen kühlen Kopf bewahrst und auch zwischen den Zeilen liest.

Anders gesagt: *Dein Fall* braucht – dich.
Viel Erfolg bei den Ermittlungen!

Personenverzeichnis

Howard Grunstatter, der den Botanischen Garten leitet
Jim Hoglund, der dort Besucher durchs Gewächshaus führt
Mathilda Jonas, die als Schlangenpatin Führungsstärke zeigt
Titus Jonas, dem diesmal alles zu viel ist
Rex Clark, dem eine Schlange fast das Herz bricht
Roger von »Roger's Reptiles«, der zwielichtiger aussieht, als er ist
Joel, der einen ganzen Keller voll Reptilien hat
Mr Snake, den Joel nur mit Kobra-Maske kennt
Dakota Rudesill, der leicht besohlt auf Schlangenjagd geht
Steve Maviglio, den es nun reut, sein Tiergeschäft auch sonntags zu öffnen
Ben Zychal, der Campen schon hasste, als er noch nicht im Rollstuhl saß
Ligia, die ihn liebevoll umsorgt
Jay Zychal, der den Silberleuchter seines Vaters tapfer vor Einbrechern verteidigt
Mrs Holt, die tiefenentspannt auf tief fliegende Kinder reagiert
Tom Davenport, dessen Tresor zwei durchaus irdische Außerirdische schützt
Reverend Elmar Cantry, der an Bobs Bekehrung scheitert
Inspektor Cotta, der den drei ??? das Ermitteln verboten hat

… und *du* – denn du triffst die Entscheidungen!

»Justus!« Keine Antwort.
»Juuuus-tus!« Keine Antwort.
»JUUUUS-TUS!«
Peter und Bob warfen sich besorgte Blicke zu: Hatten die Scheiben in der Haustür tatsächlich geklirrt? Die beiden Jungen wussten, dass Tante Mathilda sich lautstark Gehör verschaffen konnte. Aber draußen auf dem Schrottplatz war es leichter, ihrer Stimme zu entkommen, als wenn man unmittelbar neben ihr im Flur stand.
»Ich glaube, wir schauen mal nach Justus, Mrs Jonas«, schlug Peter in die Stille hinein vor. »Komm, Bob, er müsste doch noch oben sein.«
Als die beiden die Zimmertür ihres Freundes öffneten, mussten sie lachen. Justus stand mit hochrotem Kopf und angestrengtem Gesichtsausdruck in einem Berg von Hemden und hielt die Luft an.
»Was ist denn mit dir los? Meditierst du oder musst du dringend aufs Klo?«, fragte Peter.
»Und wer hat hier Hausdurchsuchung in deinem Kleiderschrank gemacht?«, wollte Bob wissen. »Überhaupt: Warum antwortest du eigentlich nicht? Ich dachte schon, mir fällt ein Ohr ab! Deine Tante hat uns direkt –«
»Pfffffff!« Justus musste jetzt doch nach Luft schnappen. »Hört auf, helft mir lieber! Ich finde einfach kein schickes Hemd, das mir passen will. Die sind alle irgendwie zu klein.«
»Ach so, die Hemden sind schuld? Und Luftanhalten macht schlank, ja?«
»Komm, lass, Peter«, mischte sich Bob ein. »Du siehst doch, dass Kollege Jonas jetzt nicht zu Scherzen aufgelegt ist.«

»Ich habe im Kampf gegen meine überschüssigen Kilos gerade ein taktisches Rückzugsgefecht eingelegt«, erklärte Justus würdevoll. »Und ausgerechnet heute, da ich mich dem Anlass entsprechend kleiden möchte …«

»… passt dir nur noch die Hälfte deiner Sachen«, beendete Peter den Satz. Justus seufzte.

Die drei ??? hatten Tante Mathilda zu ihrem runden Geburtstag die Patenschaft für eine Anakonda geschenkt, die nach der Schließung des Zoos in den Botanischen Garten von Rocky Beach gekommen war. An diesem Sonntag sollten im Rahmen einer Führung alle Paten ihre Schützlinge kennenlernen. Tante Mathilda hatte die Jungen eingeladen mitzukommen; Peter und Bob hatten sich für den anschließenden Empfang brav in Schale geworfen, auch wenn die Sakkos unter den Armen ein wenig zwickten.

»Justus, wir müssen wirklich los. Es ehrt dich ja, dass du mal etwas stilvoller rumlaufen willst« – Bob rückte seine Krawatte zurecht –, »aber so richtig stillos wäre es, wenn wir deswegen zu spät kommen würden. Also los, entscheide dich, was du anziehst!«

Nein, entscheide *du*!

Wenn Justus sich – atemlos – in sein bestes Hemd zwängen soll, lies weiter auf Seite 108.

Wenn Justus weniger stilvoll, aber bequem im ausgeleierten T-Shirt zum Botanischen Garten fahren soll, gehe zu Seite 72.

Du bist von Seite 88 hierhergelangt.

Bob lief einfach in den ersten Laden: ein Kleidergeschäft »für starke Frauen«, wie das Schild über der Tür erklärte. Als gertenschlanker Junge erntete er natürlich erstaunte Blicke der Verkäuferinnen. Bob hechtete dennoch zu den Umkleidekabinen und zog den erstbesten Vorhang hinter sich zu.
Hoffentlich hatte ihn Jay Zychal nicht gesehen, das war erst einmal das Wichtigste. Ihm würde schon eine Erklärung einfallen, was er ohne weibliche Begleitung in einem Fachgeschäft für großzügig geschnittene Damenmode zu suchen hatte. Keuchend stand Bob vor dem Spiegel.
Da hörte er die Ladenglocke und schwere, schnelle Schritte, die immer näher kamen. Das musste Jay Zychal sein! Er registrierte, wie der Vorhang der Nachbarkabine ruckartig aufgezogen wurde. Eine Frau begann, wie am Spieß zu schreien. »Sie Lustmolch!«, rief sie immer wieder.
Jay Zychal riss nun auch den Vorhang zu Bobs Kabine auf. Der dritte Detektiv sprang ihm entgegen, stolperte und versuchte, sich an einem Kleiderständer festzuhalten. Der kippte um und riss eine Schaufensterpuppe mit sich, Mr Zychal genau vor die Füße. Die Verkäuferinnen riefen durcheinander, die entblößte Frau aus der anderen Umkleidekabine bemühte sich verzweifelt, den Vorhang zuzuziehen, aber in der Aufregung verhakte er sich. Sie schrie und schrie.
Erst zwei eilig herbeigerufenen Polizeibeamten gelang es, Ordnung ins Chaos bringen. Sie nahmen Jay Zychal, Bob und den Kerzenleuchter mit aufs Revier.

Weiter auf Seite 93.

Du bist von Seite 106 hierhergelangt.

Justus und Bob gingen zu den beiden anderen zurück. »Tut mir leid, dass ich gerade so grob war«, sagte der Erste Detektiv. »Joel, ich bin einfach ein bisschen verzweifelt. Du weißt, wir sind Detektive. Im Moment ermitteln wir im Fall der geraubten Anakonda. Du hast davon gehört?« Joel nickte.

»Die Schlange ist auf brutale Weise gestohlen worden«, erklärte Justus. »Überhaupt nicht artgerecht! Erst massiv betäubt, dann einfach durch die Gegend geworfen … Wir wissen nicht, was der Täter sich dabei gedacht hat. Wahrscheinlich hat er die Schlange an jemanden weiterverkauft, der noch viel weniger Ahnung hat als er. Wenn dir Schlangen am Herzen liegen, kann dich das Schicksal der Anakonda nicht kaltlassen. Du musst uns helfen!« Peter grinste in sich hinein: Justus als besorgter Tierfreund – das war eine ganz neue Rolle für den Ersten Detektiv.

»Aber wie soll ich da helfen?«

»Wenn wir die Anakonda finden wollen, müssen wir mehr über den Schwarzmarkt für seltene Reptilien in unserer Gegend erfahren. Deine Wyoming-Kröte kannst du dir eigentlich nur da besorgt haben. Deswegen die Frage: Von wem hast du sie?«

Joel rang mit sich, aber schließlich sagte er: »Ich habe sie bei Mr Snake gekauft.«

»Mr Snake?«, wunderte sich Justus.

»Ich weiß auch nicht, wie er richtig heißt. Das ist sein Deckname. Mr Snake züchtet nicht nur, er kann einem wirklich jede Schlange beschaffen«, erklärte Joel.

»Das scheint unser Mann zu sein. Mit dem müssten wir uns dringend unterhalten, Joel.«

»Tut mir leid, Justus, aber das wird nicht so einfach sein. Ich weiß praktisch nichts über ihn, geschweige denn, wo er wohnt. Wenn ich mit ihm Kontakt aufnehmen will, muss ich immer einen Eintrag mit einem bestimmten Codewort in einem Internet-Forum posten. Er checkt das jeden Tag um fünf Uhr nachmittags.«

Justus blickte auf seine Uhr. »Wir haben Glück. Das ist schon in einer Viertelstunde.« Joel nickte, ging in sein Zimmer, fuhr den Computer hoch und stellte die Nachricht ins Forum. Um kurz nach fünf klingelte das Telefon. Joel stellte den Lautsprecher an.

»Was brauchst du?«, fragte eine Stimme knapp.

»Eine Angola-Python«, sagte Joel. Justus zog fragend die Augenbrauen hoch. Von dieser Schlange hatte selbst er noch nicht gehört.

»Und was genau?«

»Ein Weibchen, etwa ein Jahr alt.«

»Du hast Glück, die habe ich sogar da. 250 Dollar. Morgen Nachmittag um sechs. Üblicher Treffpunkt.« Mr Snake legte auf.

Weiter auf Seite 82.

Du bist von Seite 38 hierhergelangt.

Die drei ??? diskutierten erregt weiter. Justus wollte gerade die Vertrauensfrage stellen, da trat Tante Mathilda an den Tisch: »Ihr unterhaltet euch über die geraubte Anakonda?«

»Justus will unbedingt, dass wir uns der Sache annehmen. Aber wir sind beide dagegen. Reden Sie ihm doch mal ins Gewissen, Mrs Jonas. Sie haben doch schon oft gesagt, dass wir in zu vielen Töpfen rühren.«

»Äh, das stimmt, Bob, das stimmt. Aber in diesem Fall –« Tante Mathilda hielt verlegen inne. »Könntet ihr nicht doch ermitteln? Ich weiß, es handelt sich um eine gefährliche Würgeschlange. Aber sie war ja mein Schützling, sozusagen. Und jetzt ist sie weg … Ihr habt mir doch die Patenschaft geschenkt. Könnt ihr sie da nicht wieder herbeischaffen, damit ich überhaupt etwas von meinem Geschenk habe?«

Das überzeugte schließlich auch Peter und Bob. Grinsend holte Justus eine Visitenkarte aus seinem Portemonnaie und hielt sie Tante Mathilda hin:

»Aber ich weiß doch, wer ihr seid«, sagte Tante Mathilda verwundert.

»Schon«, antwortete Justus. »Aber das gehört einfach dazu. Das ist bei uns der klassische Dreischritt: Rätsel oder Straftat – Auftrag – Visitenkarte. Jetzt ermitteln wir offiziell für dich, Tante Mathilda.«
Die Jungen bedankten sich für das Frühstück und gingen zur Zentrale – einem alten Wohnwagen, der verborgen unter einem Berg Gerümpel auf Onkel Titus' Schrottplatz stand.
Justus ließ sich in den Chefsessel plumpsen. »Also, ich schlage vor, dass wir diesen Fall wissenschaftlich angehen«, begann er die Besprechung. »Ich habe da im International Journal of Police Science and Management von einem Ansatz gelesen, der die ganze Ermittlungsarbeit deutlich vereinfacht. Ausgangspunkt ist ein Plausibilitätsbaum.« Er zog ein Flipchart heran, das er irgendwo aus dem Schrott gefischt hatte, und begann das Blatt mit einem kompliziert wirkenden Diagramm zu füllen. »Daraus ergeben sich aus meiner Sicht folgende gewichtete Wahrscheinl–«
»Erde an Justus, Erde an Justus!«, unterbrach ihn Bob. »Mensch, wir haben heute schulfrei, da brauch ich keinen Vortrag! Bislang haben wir immer ganz handfest ermittelt und sind damit gut gefahren.«
»Aber –«
»Und du, Justus, bist doch derjenige, der sonst immer predigt, dass man eine Spur nicht kalt werden lassen darf. Während du hier ›Plausibilitätsbäume‹ pinselst und die neuesten Erkenntnisse der Polizeiwissenschaft referierst, erreicht die Spur so langsam Kühlschrank-Temperatur.«
»Aber –«
»Justus, *du* wolltest diesen Fall – und du hast ihn bekommen.

Du wirst jetzt nicht auch noch plötzlich unsere bewährten Ermittlungsmethoden umstoßen.« Bob hatte sich in Fahrt geredet. »Ich bezweifle, dass wir bei der Suche nach dem Täter schnelle Erfolge haben werden: Dass er hier aus der Gegend stammt, kann ich mir nicht vorstellen. Er war nicht maskiert und hätte Angst haben müssen, dass ihn jemand erkennt. Vielleicht kommt er aus Mexiko und ist längst wieder über die Grenze? Darum finde ich, wir sollten bei der Schlange ansetzen.« Der dritte Detektiv klopfte bekräftigend auf den Tisch. »Der Täter wollte sie wohl kaum für sich selbst haben, sonst hätte er sie besser behandelt. Er wird versucht haben, sie weiterzuverkaufen. Bleibt die Frage, an wen. An einen Spezial-Hehler für gestohlene Schlangen? Gibt es so was überhaupt? Nein, ich nehme an, der Dieb hat es ganz einfach bei den Zoohandlungen hier in der Gegend versucht, bevor er sich abgesetzt hat.«
Bob wollte den Computer hochfahren, um die Adressen zu ermitteln, doch dann winkte er ab und riss einfach aus dem Telefonbuch die entsprechenden Seiten heraus. »Komm, Peter, wir gehen. Ich bringe dich schnell nach Hause, dann können wir mit zwei Autos fahren und uns aufteilen.«
»Aber –«, sagte Justus.
Doch seine beiden Kollegen waren schon aus der Tür.

Willst du Bob bei seinen Recherchen begleiten? Seite 76.
Lieber in Peters MG mitfahren? Seite 64.
Oder Justus in der Zentrale Gesellschaft leisten? Seite 90.

»Bob, halt du ihn uns noch ein paar Minuten vom Leib!«, sagte Justus. »Dich kennt er noch nicht!«

Bob nickte, sprang auf, stürzte aus dem Zimmer und die Stufen hinunter, Mr Zychal junior entgegen. Als er am Fuß der Treppe auf einer Anrichte einen alten silbernen Kerzenleuchter stehen sah, hatte er einen Geistesblitz: Wenn er den Leuchter packen und wegrennen würde, müsste Jay Zychal ihn für einen Einbrecher halten und die Verfolgung aufnehmen. Besser und vor allem länger würde Bob ihn kaum ablenken können.

Bob griff nach dem Kerzenleuchter, schlug einen Haken um den völlig verdutzten Sohn und rannte aus dem Haus. Und tatsächlich, Mr Zychal lief ihm hinterher! Viel Vorsprung hatte der dritte Detektiv allerdings nicht. Das nächste Mal schicken wir wieder Peter, fluchte er innerlich.

Mr Zychal holte auf.

Bob rannte quer über die Straße. Da, ein Auto! Quietschende Bremsen, zorniges Hupen. Uff, das war knapp, dachte er. Wenigstens hatte Jay Zychal anhalten müssen, um den Wagen vorbeizulassen.

Immer diese Verfolgungsjagden …

Wenn du weiter mit Bob und Jay Zychal durch Rocky Beach wetzen willst, gehe zu Seite 88.

Wenn du zunächst einmal hören willst, was Mr Zychal senior zu erzählen hat, lies auf Seite 74 weiter.

Du bist von Seite 52 hierhergelangt.

Du bist von Seite 119 hierhergelangt.

»Bevor wir so was machen, lasst uns doch noch mal mit Mr Clark, dem Tierpfleger, sprechen«, bat Bob.

Sie fanden ihn im Tropenhaus, wo er gerade die Gehege der anderen Tiere säuberte. Bob schaute ihm unwillkürlich auf die Strümpfe, aber heute waren beide blau. Dafür war sein Hemd schief geknöpft. »Wart ihr drei nicht gestern auch dabei, als die Schlange gestohlen wurde?«, fragte Mr Clark. Justus erklärte ihm, warum sie noch einmal an den Schauplatz des Verbrechens zurückgekommen waren.

»Irgendwie ist mir die Anakonda in der kurzen Zeit echt ans Herz gewachsen«, sagte Mr Clark traurig. »Eine kleine Diva, ja, aber auch ein sehr anhängliches Tier.«

»Eine Diva?«, fragte Peter verwundert.

»Na ja, sie ist schon ein bisschen eigen. Wisst ihr, jede Schlange ist auf eine bestimmte Art Futter konditioniert, alles andere wird konsequent verweigert. Manche fressen nur lebende Tiere, manche nur tote, einige nur Mäuse, andere nur Ratten. Und wenn sie einen Ortswechsel hinter sich haben, so wie unsere Anakonda, ist das noch mal extremer. Unser Liebling frisst ausschließlich lebende Meerschweinchen.« Mr Clark seufzte. »Wir haben eine kleine Zucht vom Zoo übernommen, sonst könnten wir uns das gar nicht leisten. Ich habe schon einen Tierpsychologen um Rat gefragt, wie wir sie umerziehen können, aber das hat alles nichts genützt: Madame frisst hartnäckig nur lebende Meerschweinchen …«

»Faszinierend«, sagte Justus und knetete seine Unterlippe wie immer, wenn er scharf nachdachte. »Mir kommt da eine Idee: Wie wäre es, wenn wir eine entsprechende Geschichte in die Zeitung brächten, in der Sie von Ihrer Sorge erzählen, dass die

Schlange bei falscher Kost verhungert? Wenn wir Glück haben, liest das der Dieb – oder der neue Besitzer – und zieht los, um Meerschweinchen zu kaufen. Auf diese Art und Weise müsste er leicht ausfindig zu machen sein.«

»Aber Schlangen können auch längere Zeit ohne Futter auskommen«, gab Mr Clark zu bedenken.

»Gut geblufft ist halb ermittelt«, sagte Justus lachend. »Und das letzte Meerschweinchen-Menü könnte ja schon eine Weile her sein, sodass es jetzt wirklich langsam Zeit für eine neue Mahlzeit ist. Machen Sie mit? Ein Foto von Rex Clark, traurig vor der leeren Vitrine seines geschuppten Lieblings? Dann würde ich mit dem Direktor alles arrangieren.«

»Wenn es helfen könnte, bin ich dabei. Für meinen armen Liebling würde ich alles tun!« Mr Clark schluckte schwer.

Die drei ??? verabschiedeten sich. Justus schaute noch einmal in Mr Grunstatters Büro vorbei, Peter und Bob gingen schon einmal vor zum Auto.

Als der Erste Detektiv zu seinen Freunden stieß, war die Stimmung gereizt. »Das hat ja ewig gedauert«, maulte Peter. »Da kommt doch sowieso nichts dabei raus.«

»Ein Justus-Jonas-Alleingang«, sagte Bob zustimmend. »Da ist ja selbst die Idee mit dem Bürobesuch nach Feierabend besser!«

So schnell kann die Stimmung kippen, wenn Justus nicht da ist …
Zum Dietrich-Einsatz geht's auf Seite 100.
Oder ist die Idee mit dem rührseligen Zeitungsartikel doch nicht so verkehrt? Weiter auf Seite 139.

Du bist von Seite 110 hierhergelangt.

Joel fischte nach der Pistole, stieß die drei Detektive an, die wie erstarrt dastanden, und scheuchte sie Richtung Ausgang: »Schnell, in die Schleuse. Nur raus hier!«
Peter fing sich als Erster und sprang in drei Sätzen zur Tür. Er hämmerte wild auf den Schalter. Mr Snake kämpfte weiter mit der Schlange. Endlich ging die Tür auf, die vier Jungen drängten in die Schleuse. Ihr Gegner setzte ihnen nach. Die innere Tür schob sich langsam zu. Mr Snake tastete nach dem Schalter, doch bevor er ihn gefunden hatte, hatte sich die Tür ganz geschlossen. Im selben Moment drückte Peter in der Schleuse auf den Schalter für die Außentür, die sich jetzt, da sie aus der Aufzuchtstation kamen, auch ohne Code öffnen ließ. Peter wollte weiterrennen, aber Justus hielt ihn zurück: »Keine Hektik.«
Peter japste: »Wie, keine Hektik? Spinnst du? Los, komm!«
»Peter, überleg doch mal. Das hier ist eine Schleuse. Per definitionem ist eine Schleuse –«
»Mensch, keine Vorträge jetzt. Nichts wie weg!«
»– dadurch gekennzeichnet, dass sich jeweils nur eine der beiden Türen öffnen lässt. Solange ich also hier die äußere Schiebetür blockiere«, Justus wies auf seinen Fuß, »lässt sich die innere Tür nicht öffnen. Offenbar ist keiner von uns durch den Schuss verletzt. Daher können wir zunächst unsere so unfreundlich unterbrochene Plauderei mit Mr Snake fortsetzen.«
Bevor die anderen Justus widersprechen konnten, meldete sich der Tierhändler: »Lasst mich raus!«, hörte man ihn gedämpft von innen schreien. »Sie hat mich gebissen! Hilfe! Ich brauche das Gegengift!« Er hämmerte gegen die Schiebetür und drückte verzweifelt sein Gesicht an die kleine Glasschei-

be, die in die Tür eingelassen war. Offenbar war es ihm gelungen, die Schlange abzuschütteln und zurück in ihr Terrarium zu bringen.
»Haben wir noch einen Moment oder kommt es hier auf jede Minute an?«, wollte Justus flüsternd von Joel wissen.
»Ja, haben Sie denn kein Antiserum vorrätig?«, fragte Joel laut Mr Snake.
»Doch, natürlich, im Haus, im Kühlschrank in der Küche. Hier in der Aufzuchtstation habe ich nichts gegen Bungarus!«, kam die Antwort durch die Tür.
»Wenn er das Gegenmittel dahat, bleibt dir noch eine Weile, Justus«, erklärte Joel leise. »Ich such einen Stein, um die Außentür zu blockieren. Bob, geh du doch schon mal das Antiserum holen. Vielleicht brauchen wir's auch gar nicht: Bei einem Verteidigungsbiss spritzt diese Art in der Regel kein Gift. Sollte er eigentlich wissen.«
»Mr Snake, ich will Ihnen gerne helfen«, wandte sich Justus an den Schlangen-Dealer. »*Ich* bin ja niemand, der andere bei lebendigem Leibe den Schlangen zum Fraß vorwirft.« Justus lachte bitter. »Aber ich würde zunächst gern dort weitermachen, wo wir vorhin aufgehört haben. Also, was wissen Sie über den Verbleib der weißen Anakonda?«
»Jungs, ich bin gebissen worden. Ich brauche das Gegengift!«
»Mr Snake, wir lassen Sie bestimmt nicht sterben«, schaltete sich Joel ein. »Aber Sie wissen doch auch, dass die Schwellungen und die Schmerzen nachher umso schlimmer sind, je später Sie das Gegenmittel bekommen. Und das Antiserum gibt es erst, wenn Sie kooperieren. Also: Jetzt reden heißt nachher weniger leiden.« Die drei ??? sahen Joel bewundernd

an. Vor wenigen Minuten noch hatte er sein Leben für sie riskiert, und jetzt führte er gemeinsam mit Justus ein Verhör, als hätte er nie etwas anderes gemacht.

»Okay. Steve Maviglio – der mit diesem winzigen Tierladen in Venice – hat mich am Montag angerufen. Er hätte eine Albino-Schlange anzubieten.« Mr Snake stand der Schweiß auf der Stirn. »Der Dieb hat sie ihm wohl gleich nach dem Raub billig verkauft und Steve witterte das Geschäft seines Lebens. Aber dann hat er in die Zeitung geguckt …« Mr Snake sprach schneller, als wollte er seinen Bericht endlich zu Ende bringen. »Eine gestohlene Anakonda, von der alle Welt spricht? Das war Steve zu heiß. Mir auch. Steve hat die bestimmt immer noch.«

Justus, Peter und Bob warfen sich Blicke zu. Was Mr Snake berichtet hatte, klang glaubhaft.

»Leute, was ist jetzt mit dem Antiserum?!«, flehte er.

»Ehrlich gesagt, mir ist nicht ganz wohl bei dem Gedanken, jetzt diese Tür zu öffnen«, antwortete Justus. »Was ist, wenn die Schlange da immer noch rumkriecht?«

»Aber ihr habt es doch versprochen!«

Sollen die drei ??? ihr Versprechen halten? Dann Seite 131.
Oder lieber nicht? Weiter auf Seite 122.

»... und jetzt kommen wir in den tropischen Bereich unseres Gewächshauses. Wenn Sie die Tür zu den Subtropen hinter sich schließen würden, vielen Dank. Bitte Vorsicht, wir gehen jetzt sozusagen mitten durch den Regenwald, und der Betonsteg über das Unterholz ist bewusst schmal angelegt. Die Schlingpflanze rechter Hand ist die Gewürzvanille. Es ist schwierig, die Pflanze außerhalb der freien Wildbahn –«

»He, Justus, guck mal, der Typ da am Terrarium, hinter Mr Hoglund«, flüsterte Bob seinem Freund zu und wies auf einen eher klein gewachsenen Mann Anfang dreißig mit schwarzem Schnurrbart, der eine rote Windjacke trug.

»Ja und?«

»Das Gewächshaus ist doch heute wegen des Patentags für den normalen Besuchsverkehr gesperrt.«

»Mensch, Bob, du hast recht. Der kann ja auch nicht zu unserer Gruppe gehören, der ist ja noch vor Mr Hogl–«

Entsetzt hielt Justus inne. Der Mann zog sich Handschuhe an, schnitt mit einem Werkzeug scheinbar mühelos ein Loch in die Scheibe und griff mit beiden Armen in das Terrarium. Inzwischen waren auch die anderen Besucher auf den Eindringling aufmerksam geworden. Er holte eine etwa ein Meter zwanzig lange, helle Schlange aus dem Glaskasten und wendete sie in seinen Händen. Alle standen wie erstarrt da.

Mr Hoglund drehte sich um. »Unsere weiße Anakonda«, flüsterte er entsetzt.

Da fing der erste Besucher an zu schreien.

Weiter auf Seite 80.

Du bist von Seite 108 oder 72 hierhergelangt.

Du bist von Seite 90 hierhergelangt.

»Guten Tag. Ich heiße Justus Jonas und das sind Peter Shaw und Bob Andrews«, stellte Justus sich und seine Freunde vor. »Wir würden gern den Direktor sprechen.«

»Mr Grunstatter ist im Moment sehr beschäftigt. Worum geht es denn?«, fragte die Sekretärin im Verwaltungsgebäude des Botanischen Gartens. Ihre Haare waren fast weiß gebleicht und mithilfe von reichlich Haarspray in Form gebracht. Sie sah aus, als trüge sie einen Helm, was gut zu ihrem entschieden grimmigen Gesichtsausdruck passte.

Justus reichte ihr die Karte der drei ???. »Wir sind Detektive und ermitteln in Sachen geraubte Anakonda, Madam.«

»Habt ihr sie gefunden?«

»Das nicht, aber –«

»Wie gesagt: Mr Grunstatter ist ein viel beschäftigter Mann.«

»Sagen Sie ihm, wir hätten Fragen zur *weißen* Anakonda.« Justus legte so viel Nachdruck in seine Stimme, dass die Sekretärin mit einem skeptischen Blick tatsächlich die Visitenkarte nahm und in Mr Grunstatters Büro ging.

»So eine Zerbera«, flüsterte der Erste Detektiv.

»Zebra? Ihr Shirt war doch quer gestr–«, entgegnete Peter. Aber da war die Sekretärin schon zurück.

»Bitte sehr, die – Herren«, sagte sie und zog gleichzeitig mit ihrer Kunstpause die linke Augenbraue hoch. Sie wies auf die geöffnete Tür hinter sich.

Die drei ??? betraten das Büro des Direktors. »Einen Moment noch, Jungs«, bat Mr Grunstatter und las weiter in einem Aktenordner auf seinem Schreibtisch. Erst einige Minuten später schloss er ihn schwungvoll und wandte sich seinem Besuch zu. »Setzt euch. Was kann ich für euch tun?«

»Wir sind Detektive, Sir, und versuchen, die gestohlene Anakonda zu finden.«
»Euch reizen die hundert Dollar!«, mutmaßte der Direktor.
»Der pekuniäre Aspekt ist sekundär«, sagte Justus salbungsvoll. »Wir sind von der Patin der Schlange mit den Ermittlungen beauftragt worden. Die Schlange kam ursprünglich aus dem Zoo von Rocky Beach?«, fragte er unvermittelt.
»Äh, ja. Aber viel mehr weiß ich auch nicht. Wir haben mehrere Meter Akten über die Tiere bekommen«, er wies auf ein Regal hinter sich, »aber ausgerechnet über die Anakonda fehlen die Seiten im entsprechenden Ordner.«
Justus runzelte die Stirn. »Bemerkenswert.«
»Ich kann mir das auch nicht recht erklären«, versicherte Mr Grunstatter. »Aber warum interessiert euch das?«
»Die Vorgeschichte könnte uns wichtige Hinweise liefern. Das war ja kein normaler Überfall – weil das keine normale Anakonda war. Es war eine seltene Albino-Schlange, richtig? Warum haben Sie das gegenüber der Polizei und der Presse nicht erwähnt?«
Der Direktor rutschte in seinem Sessel hin und her. »Was meint ihr, wie unangenehm mir die Sache ist? Zeitung, Fernsehen – alle haben sich auf die Geschichte gestürzt und wollten wissen, wie das passieren konnte. Die Verletzten, die Panik … Dass die Schlange so wertvoll ist, habe ich geheim gehalten, damit der Fall nicht noch mehr Aufmerksamkeit erregt. Deswegen auch die geringe Belohnung.«

Weiter auf Seite 119.

Du bist von Seite 80 hierhergelangt.

»Los, jetzt kriegen wir ihn«, rief Peter, als sich die Menschenmenge auf dem Steg endlich entwirrt hatte.
Bob und er sprinteten zum Hinterausgang und stießen die Tür auf. Nach dem gedämpften Licht im Gewächshaus blendete die Sonne sie so sehr, dass sie einen Moment innehalten mussten. Der Dieb war nirgendwo zu sehen.
»So ein Mist!«, rief Peter.
»Sein Vorsprung ist ziemlich groß«, sagte Bob bedächtig. »Jetzt einfach drauflosaufen bringt nichts. Lass uns logisch an die Sache rangehen. Wohin würdest du flüchten, wenn du gerade eine Schlange aus dem Gewächshaus des Botanischen Gartens von Rocky Beach gestohlen hättest?«
»Jetzt mach hier nicht den Justus! Lauf lieber!«
»Also, ich würde um das Wäldchen da herumrennen und dann weiter –«
»Da vorne haben sich die Zweige bewegt! Komm!« Peter stürzte los.
»… Richtung Norden zum Feldweg, weil ich so am schnellsten wegkäme«, brachte Bob für sich den Satz zu Ende, während Peter schon weit vor ihm durchs Dickicht brach.

Wer hat den besseren Riecher?
Peter? Dann weiter auf Seite 124.
Bob? Dann weiter auf Seite 63.

»Wir kommen sowieso nicht alle drei an Ihrem Sohn vorbei«, sagte Justus. »Am besten, wir bleiben ganz ruhig hier sitzen. Schließlich haben wir nichts Unrechtes getan.«
Kurz darauf ging die Tür auf. »Vater, Ligia sagt, du hast Besu–« Jay Zychal brach mitten im Satz ab. »Ihr beiden schon wieder? Diesmal ohne Uniform? Und wer ist dieser dritte Jungspund hier? Was soll das, Vater?!«
»Sir, ich kann alles erklär–«
»Deine Erklärungen interessieren mich nicht, Dicker!«, funkelte er Justus an. »Ihr verschwindet jetzt und kommt nie mehr wieder!«
»Ihr Vater hat uns hereingebeten.«
»Das ist mein Haus, da hat er gar nichts reinzubitten. Für mich habt ihr hier Hausfriedensbruch begangen. Wisst ihr was? Ich rufe die Polizei. Ihr kommt jetzt sofort mit runter. Abhauen ist zwecklos, ich kriege eure Namen schon über den Botanischen Garten raus.«
»Es läge uns fern, in einer solchen Situation einfach das Weite zu suchen«, sagte Justus würdevoll, als sie im Wohnzimmer angekommen waren.
»Quatsch nicht!«, herrschte Jay Zychal ihn an. »Ah, da fällt mir was ein.« Er griff nach einem alten silbernen Kerzenleuchter, der auf einer Anrichte stand, und warf ihn Justus zu. Instinktiv fing der Erste Detektiv ihn. Mit einem raschen Griff entwand ihm Zychal junior den Leuchter wieder, schloss ihn in der Anrichte ein und steckte den Schlüssel ein. »Da sind jetzt deine Fingerabdrücke dran. Ihr seid also nicht nur hier eingebrochen, ihr habt auch noch versucht, dieses kostbare Familienerbstück zu stehlen.«

Du bist von Seite 52 hierhergelangt.

Der Zweite Detektiv machte Anstalten, auf ihn loszugehen, aber Justus winkte ab. »Das bringt nichts, Peter.«
»Ganz recht. Ligia, fahr doch meinen Vater eine Runde spazieren!« Die mexikanische Pflegerin half dem eingeschüchterten Mr Zychal vorsichtig die Treppe hinunter und setzte ihn in seinen Rollstuhl. Als die Haustür hinter beiden ins Schloss gefallen war, rief Jay Zychal die Polizei an. Kurze Zeit später klingelten zwei Beamte an der Tür. »Diese drei Jugendlichen haben versucht, bei mir einzubrechen und einen kostbaren silbernen Leuchter zu stehlen. Zum Glück bin ich rechtzeitig nach Hause gekommen.«
Justus bat die Polizisten, Inspektor Cotta dazuzuholen. Zunächst nahmen sie ihn nicht ernst, aber als er die alte Karte von Kommissar Reynolds zeigte, die ihn als »ehrenamtlichen Juniorassistenten« der Polizei von Rocky Beach auswies, griffen sie tatsächlich zum Telefon.
Eine Viertelstunde später fuhr Cotta vor. Justus nahm ihn beiseite und schilderte, was passiert war.
»Justus, ich glaube dir, aber ich kann nichts für euch tun: Ihr seid in einem Haus, in dem der Besitzer euch definitiv nicht haben will. Und auf einem kostbaren silbernen Leuchter befinden sich deine Fingerabdrücke. Das hast du mir selbst bestätigt.«
»Aber Mr Zychal ist in Gefahr, Inspektor!«
»Das mag sein. Aber wenn ich dich richtig verstanden habe, Justus, habt selbst ihr drei Meisterdetektive nicht herausgefunden, warum er sich nicht einfach an die Polizei wendet, wenn er sich so bedroht fühlt.«
»Wir sind vorhin unterbrochen –«

»Justus, Familiengeschichten und Polizei, das geht meistens nicht gut zusammen. Alles ist irgendwie mehrdeutig –«

»*Rhododendron ambiguum* eben«, murmelte Justus.

»Wie bitte?«

»Ach nichts, Inspektor.«

»Hör zu: Mein Chef hat sich letztens bei einer ähnlichen Sache eine blutige Nase geholt. Die Alten und die Jungen haben sich gegenseitig mit Vorwürfen überzogen, eine Seite hat die Polizei dazugeholt, wir haben ermittelt, und als es dann ernst wurde, waren plötzlich alle wieder ein Herz und eine Seele. Wir waren auf einmal die Bösen und der Polizeichef hatte ein Dienstaufsichtsverfahren am Hals. Danach hat er uns eingeschärft: ›Haltet euch aus Familiengeschichten raus!‹ Wir ermitteln in glasklaren Fällen, aber nicht bei einem vagen Verdacht. Solange Mr Zychal sich nicht selbst an die Polizei wendet –«

»Aber Inspektor!«

»Justus, wie oft muss ich es noch sagen? Mir sind die Hände gebunden! Ich kann verhindern, dass ihr verhaftet werdet, aber nur, wenn du mir hoch und heilig versprichst, dass ihr euch von nun an raushaltet und sofort den Kontakt zu Mr Zychal abbrecht.«

Widerstrebend stimmte Justus zu.

Und so mussten die drei ??? ihre Ermittlungen im Fall der weißen Anakonda kurz vor dem Ziel einstellen. Alles in Bob sträubte sich, die Akte zu schließen, aber die Detektive konnten nichts weiter tun.

Du bist von Seite 49 oder 94 hierhergelangt.

Wenige Minuten später trafen zwei Streifenpolizisten und Inspektor Cotta, gefolgt von einem heftig japsenden Justus, bei den beiden Jungen ein.
»Gut, dass Sie kommen!«, rief Bob erleichtert.
»Ist das der Mann?«, wandte sich Cotta an Justus, der inzwischen zu der kleinen Gruppe gestoßen war. Der Erste Detektiv konnte nur atemlos nicken.
Die Polizisten legten dem Räuber Handschellen an, dann leierte einer von ihnen mit gelangweilter Stimme herunter: »Sie haben das Recht zu schweigen. Alles, was Sie sagen, kann und wird vor Gericht –«
»No entiendo«, sagte der gefesselte Mann.
»Oh nein, jetzt auch noch das!« Der Polizist begann, in seinen Taschen zu kramen. »Inspektor, haben Sie vielleicht diesen Zettel, den die uns letztens im Präsidium ausgeteilt haben? Ich muss ihm seine Rechte auf Spanisch vorlesen!«
»Warten Sie, irgendwo muss das blöde Ding doch sein.« Endlich fand Inspektor Cotta die laminierte Karteikarte und reichte sie an seinen Kollegen weiter. Der Polizist las mithilfe der Lautschrift stockend vor: »Tjenne ell därettscho ah permaneßähr kajahdo. Tohdo lo ke diega …«
Die Polizisten führten den Mann ab. Ein Angestellter des Botanischen Gartens, der so aussah, als hätte man ihn gerade aus dem Bett geholt, kam mit einer großen Kiste, um die Schlange einzusammeln. »So eine Sauerei!«, schimpfte er. »Womit hat der meine Süße bloß betäubt? Und sie so durch die Gegend zu werfen! Hoffentlich überlebt sie das …«
Inspektor Cotta wandte sich an Peter und Bob. »Ihr scheint die Verbrechen ja magisch anzuziehen«, meinte er schmun-

zelnd. »Aber eines muss man euch lassen: Das war blitzschnelle Amtshilfe! Bob, das wird wahrscheinlich eine der dünnsten Aktenmappen in deinem Archiv. Ein glasklarer Fall, ohne die ganzen Rätsel und Verwicklungen, die ihr sonst so liebt. Also, vielen Dank.«

Mit diesen Worten verabschiedeten sich der Inspektor und die beiden Streifenpolizisten. Die drei ??? gingen zurück zum Gewächshaus. Die Verletzten waren ins Krankenhaus gebracht worden, Onkel Titus wirkte wieder ganz vergnügt.

Der von den drei ??? vereitelte Schlangenraub war das große Thema in den Lokalnachrichten des Fernsehens. Auch die *Rocky Beach Today* berichtete am nächsten Tag auf der Titelseite, dass der Dieb – ein illegal eingereister Mann aus Mexiko – die Aussage verweigert habe und die Polizei über die Hintergründe des Raubes keine Angaben machen könne.

Das Gerichtsverfahren einige Wochen später brachte kaum neue Erkenntnisse. Der Mexikaner schwieg, wurde des versuchten Diebstahls für schuldig befunden, zu einer überraschend kurzen Haftstrafe verurteilt und gleich danach in sein Heimatland abgeschoben.

Justus wunderte sich zwar, dass ein Räuber so unvorsichtig mit seiner Beute umging. Aber den drei ??? fehlten einfach Anhaltspunkte, um weiterzuermitteln, und natürlich waren sie längst wieder mit einem neuen Auftrag beschäftigt.

Schließlich legte Bob den Fall zu den Akten. Wer weiß – vielleicht wäre alles anders gelaufen, wenn die drei ??? den Räuber *nicht* gefangen hätten?

Du bist von Seite 46 hierhergelangt.

Peter ergriff die Flucht nach vorn. Er rannte geradewegs in das Labyrinth aus eng beieinanderstehenden Spiegeln hinein. Sie warfen Peters Abbild immer wieder zurück, sodass sich der Einbrecher von unzähligen Doppelgängern des Zweiten Detektivs umzingelt sah. Er gab mehrere Schüsse ab, traf aber wieder nur die Spiegel. Schließlich stieß er in diesem Irrgarten der Trugbilder mit seinem inzwischen hinzugekommenen Kumpanen zusammen. Dabei flog dem Dicken die Pistole aus der Hand. Sie schlitterte unter den Spiegelständern durch über den Boden, bis sie außerhalb der Reichweite der beiden Gangster liegen blieb.

Justus und Bob sahen, dass von der Waffe vorerst keine Gefahr mehr ausging, rannten zur Walzstraße für die Glasproduktion und zogen sich rasch die silbern glänzende Schutzkleidung an. In dieser Aufmachung liefen sie durch die halbdunkle Halle zu den Einbrechern, die miteinander schimpften und verzweifelt die Pistole suchten.

Auf ein Zeichen von Bob warf jeder der beiden Detektive im selben Moment einen Spiegel zu Boden. Die Einbrecher drehten sich in Richtung des Klirrens um und sahen die Jungen, die in der Schutzkleidung mit den verspiegelten Helmen aussahen wie Außerirdische.

Erschrocken traten die Einbrecher den Rückzug an. Justus und Bob trieben die beiden dabei geschickt auf eine Stahltür im rückwärtigen Teil der Halle zu, die so lag, dass sie unmöglich nach draußen führen konnte. Aber daran dachten die beiden Einbrecher in ihrer Panik natürlich nicht.

Der Dicke riss hastig die Tür auf, der Lange drängte hinterher – und die beiden fanden sich in einem kleinen, fensterlo-

sen Raum voller Aktenschränke wieder. Sie wollten wieder hinaus, aber da hatte Bob schon von außen den Schlüssel umgedreht. Wütend hämmerten die Einbrecher von innen gegen die Tür.
»Große Show!«, rief Peter, der seinen beiden Kollegen gefolgt war. »Die Tür sieht nicht so aus, als würden die beiden sie so schnell aufbekommen. Ihr Werkzeug haben sie auf jeden Fall da vorne liegen lassen. Ach, und die Pistole hat sich auch wieder gefunden.« Er nahm vorsichtig das Magazin heraus und versenkte es in einem Tretmülleimer. »Jetzt fühle ich mich irgendwie wohler.«
Erleichtert nahmen sich die drei in den Arm.
»So, wir schieben zur Sicherheit noch diesen Werkzeugschrank unter die Türklinke«, übernahm Justus wieder die Führung. »Und dann rufen wir die Polizei an. Vielleicht können die auch den Eigentümer ermitteln und benachrichtigen.«
Justus und Bob blieben in der Halle, Peter ging zum Tor, um die Beamten in Empfang zu nehmen. »Du hast doch deine Dietriche dabei, Peter!«, rief Justus lachend. »Kannst ja schon mal aufsperren!«
Die Polizei schien ganze Arbeit geleistet zu haben, denn Tom Davenport, der Chef von *Mirror and Glass*, traf nur wenige Minuten nach den Beamten des Los Angeles Police Department ein. Die Einbrecher stellten sich als »alte Bekannte« heraus, wie einer der beiden Polizisten nach einem Anruf in der Polizeizentrale grimmig feststellte.
Ein Blick in den Rucksack mit dem Werkzeug zeigte, dass es die Einbrecher offenbar auf den Tresor abgesehen hatten. Mr Davenport, ein fröhlicher und leutseliger Mann Ende

fünfzig, wandte sich an die drei ???: »Ich bin euch wirklich zu großem Dank verpflichtet, Jungs. Nicht dass ich im Moment im Geld schwimmen würde, aber im Tresor lag in der Tat eine größere Summe Bargeld. Woher die beiden das wohl gewusst haben?« Er kratzte sich nachdenklich am Ohr. »Aber die wirklich spannende Frage ist: Wie habt ihr die Einbrecher gestellt?«

Justus erzählte, wie sie die beiden Diebe erschreckt und dann in die Aktenkammer gedrängt hatten. Mr Davenport musste schallend lachen. »Gut gemacht, Jungs! Und wie habt ihr die Einbrecher überhaupt bemerkt?«

»Wir sind zufällig in dem Wäldchen auf der Nordseite des Geländes spazieren gegangen, da haben wir gesehen, wie die Einbrecher im Schutz der Bäume ein Loch in den Zaun geschnitten und sich Zutritt zur Halle verschafft haben«, antwortete Justus.

Peter entschied sich, alles auf eine Karte zu setzen: »Was dem Zufall sozusagen ein bisschen nachgeholfen hat, Sir, ist die Tatsache, dass wir Detektive sind und im Fall der weißen Anakonda ermitteln, die aus dem Botanischen Garten von Rocky Beach gestohlen wurde.« Er gab Mr Davenport ihre Karte. »Eine Vermutung, der wir dabei nachgehen, ist, dass das Terrarium aufgebrochen wurde, um die Anschaffung eines sicheren Geheges zu, äh, beschleunigen.«

Der Besitzer von *Mirror and Glass* musste lachen. »Ihr glaubt also, ich hätte einen Schlangenräuber losgeschickt, der unter spektakulären Umständen das Terrarium zerstört, um mir so einen fetten Auftrag zu sichern?«

»Wir ermitteln in alle Richtungen, Sir«, antwortete der Zweite Detektiv diplomatisch.

Mr Davenport musste wieder lachen. Wie Peter gehofft hatte, war er zu dankbar, um ihnen böse zu sein. »Also, ich weiß natürlich um die Terrarien-Situation im Botanischen Garten von Rocky Beach. Das gehört sozusagen zu meinem Job. Und ich habe schon vor ein paar Wochen Mr Grunstatter sehr schick zum Essen ausgeführt, um ein bisschen Werbung in eigener Sache zu machen. So eine teure Einladung hätte er eigentlich gar nicht annehmen dürfen, aber in anderer Hinsicht war er ganz korrekt: Der Botanische Garten ist als Stiftung organisiert, da gelten strenge Richtlinien. Und die besagen, dass der Auftrag öffentlich ausgeschrieben werden muss. Da werde ich dann wohl wie jeder andere meinen Hut in den Ring werfen müssen.« Er seufzte. »Der Schlangenraub hätte mir also nicht entscheidend geholfen.«
»Vielen Dank für Ihre offene Antwort«, bedankte sich Justus. »Und nichts für ungut.«
»Kein Problem. Zumindest hier auf dem Gelände habt ihr ja zwei echte Ganoven gefangen.«

In Sachen Anakonda war die Fahrt nach Los Angeles jedoch ein Fehlschlag. Aber wie der Zweite Detektiv zu Mr Davenport sagte: Ein guter Detektiv ermittelt in alle Richtungen. Und jetzt wird auch Peter sich nicht mehr gegen einen Besuch bei Mr Zychal am nächsten Tag sperren. **Weiter auf Seite 52.**

Du bist von Seite 112 oder 115 hierhergelangt.

Am Freitagnachmittag trafen sich die drei ??? in Luigis Eisdiele. Bob bestellte einen Banana Split. Justus versuchte vergeblich, Peter davon zu überzeugen, sich einen Freundschaftsbecher mit ihm zu teilen. »Da bekommen wir umgerechnet viel mehr Eis fürs Geld, Peter! Das nennt man Skaleneffekt.«

»Ich glaube, Skaleneffekt nennt man die Tatsache, dass du in atemberaubendem Tempo mehr als die Hälfte des Eisbechers in dich reinschaufeln würdest. Nee, nee. Ich bestell mir einen Chocolate Sundae und du guckst für dich alleine.«

Bob zog die aktuelle Ausgabe der *Rocky Beach Today* aus der Tasche: »Habt ihr schon die Zeitung von heute gesehen? Die weiße Anakonda ist wieder da! Gestern Morgen stand sie vor dem Verwaltungsgebäude des Botanischen Gartens, sicher in ein Terrarium verpackt. Ich nehme mal an, dem Dieb ist die Sache zu heiß geworden und er hat die Schlange zurückgebracht. Das wäre dann der erste Fall, den wir ohne eigenes Zutun gelöst hätten. Wenn man das in der Geschichte unseres Detektivbüros –«

»Komm, Bob, lass gut sein«, unterbrach ihn Peter. »Für Vorträge ist doch bei uns normalerweise jemand anders zuständig. Ich will heute noch mit Kelly an den Strand.«

»Wie dem auch sei«, sagte Bob säuerlich. »Für meine Akte ist dieser Artikel auf jeden Fall der perfekte Abschluss.«

»Der perfekte Abschluss? Das kann ich mir kaum vorstellen«, meldete sich Justus.

Was meint der Erste Detektiv? Es war doch alles geklärt, oder?
Weiter auf Seite 95.

»Der Räuber ist uns entwischt«, berichtete Bob enttäuscht, als Peter und er Justus im Gewächshaus gefunden hatten.
Onkel Titus war wieder zu sich gekommen – »Tante Mathilda hat ihm einfach ein paar Ohrfeigen gegeben«, erzählte der Erste Detektiv erstaunt –, aber der alte Mann im Rollstuhl, den Justus gerade noch vor einem Sturz vom schmalen Betonsteg bewahrt hatte, klagte über massive Herzprobleme. Offenbar hatte ihm der Schreck übel zugesetzt.
Justus und Mr Hoglund hatten die Leichtverletzten notdürftig verarzten können. Alle, die vom Steg gefallen waren, boten in ihren schlammverschmierten Kleidern ein jämmerliches Bild.
Sirenengeheul näherte sich. Ein Notarzt und mehrere Sanitäter kamen ins Gewächshaus und verschafften sich einen Überblick. Als Erstes untersuchten sie den alten Mann, legten ihm direkt vor dem Terrarium mit den Fröschen eine Infusion und transportieren ihn auf einer Trage ab. Dann wandten sie sich den übrigen Verletzten zu.
Zwei Streifenpolizisten betraten den Schauplatz des Schlangenraubes, fast zeitgleich kam Inspektor Cotta. »Ihr hier?«, sagte er statt einer Begrüßung zu Justus, Peter und Bob. »Es gibt aber auch kein Verbrechen in Rocky Beach, an dem ihr nicht beteiligt seid …« Cotta lachte.
Justus fasste kurz den Tathergang zusammen; Peter und Bob berichteten, wie sie den Dieb verfolgt hatten. »Und dann ist er in einem silbernen Toyota Camry geflohen. 2010er-Modell. Das Nummernschild war nicht zu erkennen. Der Typ ist in einer Riesenstaubwolke davongebraust.«
»Wirklich Pech«, sagte Cotta. »Amerikas meistverkauftes

Du bist von Seite 80 oder 124 hierhergelangt.

Auto in der beliebtesten Farbe, Kennzeichen unbekannt … Bitte geben Sie trotzdem einen Fahndungsaufruf raus«, wandte er sich an einen der beiden Streifenpolizisten.

»Wahrscheinlich gestohlen«, entgegnete dieser.

»Ja«, sagte der Inspektor, »aber versuchen müssen wir's.«

Der völlig aufgelöste Direktor trat an Cotta heran. »Leiten Sie hier die Ermittlungen? So tun Sie doch was!«

»Wir sind mitten bei der Arbeit, Mr –?« Cotta hob fragend die Augenbrauen.

»Grunstatter, Howard Grunstatter. Ich bin der Direktor des Botanischen Gartens. Unsere Anakonda gestohlen! Ausgerechnet die Anakonda …«

Noch bevor Justus ihn fragen konnte, was er damit gemeint hatte, kam ein Mann Anfang vierzig angestürzt. Sein Haar stand wild vom Kopf ab und seine Hose war so kurz, dass sofort ein roter und ein blauer Strumpf ins Auge sprangen. »Mr Hoglund hat mich angerufen – die Anakonda ist weg?«

»Der Täter hat ein Loch ins Terrarium geschnitten, das Tier gepackt und dann die Flucht ergriffen. Aber wieso hat die Schlange das so einfach mit sich machen lassen?«, wandte sich Mr Grunstatter an den Mann mit der Sturmfrisur.

»Ich bin Inspektor Cotta«, schaltete sich der Polizist ein. »Diese Frage interessiert mich natürlich sehr. Sie kennen sich mit der gestohlenen Schlange aus?«

»Ich bin Rex Clark, der Tierpfleger hier. Anakondas sind eine besonders aggressive Art. Der Täter muss die Schlange sediert haben, um mit ihr davonlaufen zu können. Hat er ihr irgendetwas gespritzt?«

»Soweit wir das beobachten konnten, nein, Sir«, sagte Bob.

»Gehen wir doch mal zum Terrarium. Sollte er sie etwa über die Atemluft betäubt haben?«, fragte Mr Clark und führte die Gruppe zum Tiergehege. Er fächelte sich mit der Hand Luft aus dem Loch in der Scheibe zu und sagte dann: »Keine Ahnung, wie der Dieb das gemacht hat ... Schlangen haben einen langsamen Stoffwechsel, das dauert eigentlich, bis die Narkose wirkt. Und als Wasserschlangen können Anakondas die Luft anhalten ...« Der Tierpfleger schüttelte den Kopf. »Ich möchte nicht wissen, wie brutal der Täter vorgegangen ist. Meine Arme! Sie muss mehr tot als lebendig gewesen sein, sonst hätte sie sich nie von einem wildfremden Mann durch die Gegend tragen lassen.« Er hielt kurz inne. »Na ja, dann hat wenigstens für die Besucher keine Gefahr bestanden.«
»Hast du gehört, Titus?«, wandte sich Tante Mathilda an ihren Mann. »Und du fällst in Ohnmacht!«
»Es sind ja nicht alle in unserer Familie durch Horrorfilme abgestumpft«, verteidigte sich Onkel Titus.
Peter bückte sich und betrachtete nachdenklich den Glasschneider, der neben dem Terrarium auf dem Boden lag.
Der jüngere der beiden Streifenpolizisten kam auf Cotta zu. »Inspektor, die Leute werden langsam ungeduldig. Viele sind nass und dreckig, die wollen nur noch nach Hause. Und wir kommen mit dem Befragen nicht nach.«
»Nehmen Sie einfach die Personalien auf und lassen Sie die Leute gehen«, entschied Cotta. »Ich halte mich erst mal an die jungen Herren hier. Wahrscheinlich bekomme ich von ihnen am ehesten eine brauchbare Beschreibung des Täters.«

Weiter auf Seite 56.

Du bist von Seite 114 hierhergelangt.

Justus saß noch am gedeckten Frühstückstisch, als Peter und Bob am nächsten Morgen klingelten, um ihn abzuholen.
»Du hast ja wirklich die Ruhe weg«, sagte Peter vorwurfsvoll. »Wir haben doch in der ersten Stunde Chemie bei Mr Lowell. Da komme ich lieber nicht zu spät.«
»Ich glaube nicht, dass Mr Lowell auf deine Anwesenheit heute großen Wert legt«, sagte Justus und spießte ein Stück gebratenen Speck auf die Gabel.
»Was soll denn das heißen?«, brauste Peter auf.
»Habt ihr denn kein Radio gehört? Ein morscher Baum ist auf die Stromleitung gefallen, die die Rocky Beach High versorgt. Es gab einen Kurzschluss, da hat sich der Transformator in der kleinen Umspannstation verabschiedet. Das läuft wohl alles erst heute Nachmittag wieder. Und kein Strom gleich kein Licht und keine Klimaanlage. Also: Heute fällt die Schule aus.« Er holte zwei Teller und Besteck, schob seinen Freunden die Platte mit den Pfannkuchen hin und forderte sie mit einer Handbewegung auf zuzugreifen.
Bob grinste: »Dann muss ich mir um die Mathe-Arbeit erst mal keine Sorgen machen. Mein Freund, der Baum!«
»Ich frage mich ja, warum es der Southern California Edison nicht gelingt, die Stromkabel unterirdisch zu verlegen. Wenn ich an unsere Europareise damals denke, da –«
»Justus, lass gut sein. Jetzt genieß doch einfach den freien Montag«, unterbrach Peter den drohenden Vortrag und goss sich Ahornsirup über seinen Pfannkuchen.
»Okay, okay. Aber lass uns mal gucken, was die *Rocky Beach Today* über die Anakonda schreibt«, meinte Justus und holte die Lokalzeitung von der Anrichte.

»Den Herrn kennen wir doch«, sagte Bob und zeigte auf das Phantombild. Die Titelgeschichte schilderte, was die drei ??? selbst erlebt hatten. Die einzige Neuigkeit war, dass der Botanische Garten eine Belohnung von einhundert Dollar für die Wiederbeschaffung der Schlange ausgesetzt hatte.
»Kollegen, wir übernehmen den Fall«, sagte Justus.
»Welchen Fall?«, fragte Peter.
»Seit wann arbeiten wir für Geld?«, fragte Bob.
»Quatsch, mir geht es doch nicht ums Geld. Wir waren dabei, wir hätten den Täter beinahe erwischt – der Fall ist uns doch sozusagen auf dem Silbertablett serviert worden.«
»Also, ich weiß nicht«, sagte Peter. »Eine Schlange, die ihre Opfer erwürgt und dann im Ganzen verschlingt? Muss nicht unbedingt sein. Wenigstens singt sie nicht … Nee, vielleicht sollten wir uns mal lieber ein bisschen auf die Schule konzentrieren, statt uns wild auf irgendwelche ›Fälle‹ zu stürzen – die keine sind, weil uns niemand beauftragt hat.«
Bob unterstützte ihn: »Ich hab zwar keine Angst vor Schlangen, so wie unser Zweiter« – Peter hob abwehrend die Hände –, »aber die Wiederbeschaffung gestohlener Tiere fällt für mich eher in die Anfangszeit unseres Detektivbüros. Justus, wir haben doch diese andere Anfrage reinbekommen – die gestohlene Statue. Ich finde, wir sollten uns zuerst darum kümmern und dann in Sachen Anakonda einfach weitersehen. Aufgeschoben ist nicht aufgehoben.«

Wer setzt sich durch?

Peter und Bob? Dann lies weiter auf Seite 71.

Oder Justus? Dann lies weiter auf Seite 12.

Du bist von Seite 87 hierhergelangt.

»So richtig wohl ist mir bei der Sache nicht, Justus«, gestand Peter.

»Wie? Soll jetzt die ganze Aktion am Fluss umsonst gewesen sein?« Entschlossen drückte Justus auf den Klingelknopf. *John Carmichael*, stand auf dem Schild daneben.

Kurz darauf öffnete sich die Tür. So also sah Mr Snake aus, wenn er keine Maske trug: offenes Gesicht, raspelkurze blonde Haare, Lachfalten. Justus schätzte ihn auf Ende vierzig.

»Ja?«

»Guten Tag, Mr Carmichael, wir haben gehört, bei Ihnen könnten wir vielleicht eine Wyoming-Kröte bekommen.«

Mr Snake verengte für einen Sekundenbruchteil die Augen und wollte die Haustür zuwerfen. Doch damit hatte Peter gerechnet. Blitzschnell schob er seinen Fuß vor, sodass die Tür zurückprallte, und drängte mit Justus ins Haus.

»Was soll das? Ich werde die Polizei rufen!«, empörte sich Mr Snake.

Justus zuckte mit den Schultern. Er wusste, dass Mr Snake das ganz bestimmt nicht tun würde. »Beeindruckende Menagerie haben Sie da.« Der Erste Detektiv wies auf die Terrarien, die eine ganze Seite des Wohnzimmers einnahmen.

»Also, das ist ja wohl –« Mr Snake brach ab. »Egal. Warum sagt ihr mir nicht einfach, was ihr von mir wollt? Ich nehme nicht an, dass ihr gekommen seid, um eine Wyoming-Kröte zu kaufen.« Er wies auf eine Sitzgruppe. Peter und Justus nahmen zögernd Platz. »Wollt ihr was trinken? Ich hole uns eine Limonade.«

Justus hat's mal wieder geschafft, dachte Peter bewundernd. Der Mann war ja richtig handzahm!

Während Mr Snake in die Küche ging, sahen sich die beiden Detektive im Zimmer um. Die Atmosphäre bei Joel im Keller war düster gewesen, aber hier im Wohnzimmer wirkte alles noch beklemmender, weil es weitaus mehr Tiere gab.
Die Terrarien standen in mehreren Reihen übereinander. Im Licht der Wärmelampen konnten sie armdicke Schlangen und urzeitlich aussehende Echsen ausmachen. Schildkröten lagen träge im Sand, ein quietschgelber Frosch klebte mit den Haftballen an der Scheibe. Die beiden Jungen beobachteten einen Gecko, der mit seiner langen Zunge blitzschnell eine Fliege fing, ein Chamäleon, das tatsächlich die Farbe wechselte, als es aus dem schützenden Blattwerk zweier Pflanzen auf einen Stein huschte, und eine getupfte Schlange, die gerade ein Tier zu verdauen schien: Etwa eine Handbreit hinter dem Kopf war ihr Körper auf eine seltsame Weise ausgebeult.
Mr Snake kam zurück. Auf einem Tablett trug er drei gefüllte Gläser. Er stellte jeweils eine Limonade vor Peter und Justus auf den Couchtisch und nahm sich dann selbst eine.

Sehr aufmerksam von Mr Snake: Verfolgungsjagden machen einfach durstig. Weiter auf Seite 104.
Wenn du wissen willst, warum Justus kaum merklich die Stirn runzelt, gehe zu Seite 60.

Du bist von Seite 59 hierhergelangt.

Die drei ??? suchten einen Blumenstrauß aus, ließen im italienischen Delikatessengeschäft auf der Salsipuedes Street einen kleinen Präsentkorb zusammenstellen und fuhren dann zu Mr Zychal. Bob hatte sich bereit erklärt, im Wagen zu warten, damit sie nicht zu einschüchternd wirkten. Peter und Justus zogen die Uniformhemden an, die sie von Mr Grunstatter bekommen hatten, und klingelten.
Ein Mann Ende dreißig öffnete ihnen. Er hatte am Sonntag im Gewächshaus Mr Zychals Rollstuhl geschoben und sah dem alten Herrn sehr ähnlich. Bestimmt sein Sohn, dachte Justus. Aber so dunkle Augenringe hat sein Vater nicht …
»Ja?«, fragte sein Gegenüber statt einer Begrüßung knapp.
»Guten Tag, Sir, wir kommen vom Botanischen Garten. Wir besuchen die Teilnehmer der Führung am Sonntag, um uns für die entstandenen Unannehmlichkeiten zu entschuldigen.«
»Ah ja? Da kommt ihr reichlich spät. Mein armer Vater –«
»Ja, Sir, ich weiß, Ihr Vater war mit am schwersten betroffen. Als Zeichen der Anteilnahme und unseres Bedauerns würden wir ihm gern diese Blumen und etwas zum Naschen überreichen.«
»Seid ihr nicht reichlich jung? Wenn das dem Botanischen Garten wirklich wichtig wäre, würde der Direktor selbst kommen und nicht zwei Teenager vorschicken.«
Mr Zychal junior machte schon Anstalten, die Haustür wieder zu schließen, da rief eine dürre Stimme: »Jay, wer ist denn da?«
»Ach, niemand, Vater.«
Justus trat einen Schritt vor und rief: »Hallo, Mr Zychal! Schön, dass Sie zu Hause sind! Wir sind vom Botanischen

Garten und wollten uns bei Ihnen für den Schreck am vergangenen Sonntag entschuldigen.«

Die beiden Detektive drängten ins Haus. Jay Zychal hob abwehrend die Hände, aber Justus rief einfach Richtung Obergeschoss: »Wir haben Ihnen etwas mitgebracht, Mr Zychal. Dürfen wir es Ihnen persönlich übergeben?«

»Das geht nicht. Mein Vater –«

»Ach, das ist ja reizend!«, rief Mr Zychal senior von oben. »Jay, bitte die Leute doch herein, ja?«

Sein Sohn runzelte die Stirn, zuckte mit den Schultern und führte dann Justus und Peter die Treppe hinauf. Wortlos stieß er eine Zimmertür auf. Der Raum dahinter war karg eingerichtet: ein eisernes Bettgestell, auf dem eine zerschlissene Tagesdecke lag, eine alte Kommode, ein kleiner Tisch mit einem Klappstuhl davor. Mr Zychal saß in einem Sessel am Fenster. Seine wachen Augen strahlten die Besucher an.

»Guten Tag, Mr Zychal«, ging Peter auf ihn zu und begrüßte ihn mit Handschlag. »Ich heiße Peter Shaw und das hier ist mein Kollege Justus Jonas. Wie gesagt, wir kommen vom Botanischen Garten. Es tut uns sehr leid, dass Sie vorigen Sonntag gesundheitliche Probleme bekommen haben. Wir haben Ihnen ein paar Blumen und eine Kleinigkeit zu essen mitgebracht. Geht es Ihnen etwas besser?«

»Ja, vielen Dank, junger Mann. Sehr aufmerksam! Mich hat schon so lange niemand mehr besucht …«

Jay Zychal stand unruhig daneben und öffnete gerade den Mund, da ergriff Justus schnell das Wort: »Wie hat Ihnen denn, abgesehen von diesem bedauerlichen Zwischenfall, die Führung gefallen, Mr Zychal?«

»Ich unterstütze die Arbeit des Botanischen Gartens seit vielen Jahren. Leider bin ich nicht mehr gut zu Fuß und komme nur noch selten hin. Deswegen habe ich mich auch sehr gefreut, dass mein Sohn angeboten hat, mich zu der Sonderführung zu fahren – obwohl ich mich ja eher für die Pflanzen als für diese ganzen neuen Tiere begeistern kann.«

»Irgendetwas, das Ihnen besonders am Herzen liegt, Sir?«, hakte Justus nach.

»Es gibt da eine Gruppe von Rhododendren südlich der Brunnenanlage, die ich sehr mag. *Rhododendron auriculatum*, wenn Ihnen das etwas sagt, junger Mann.«

»Unbedingt, Sir. Wir versuchen, auch die lateinischen Namen aller Pflanzen in unserem Garten zu kennen, nicht wahr, Peter?«

»Äh, ja, natürlich«, beeilte sich der Zweite Detektiv zu versichern.

Jay Zychal zischte: »Angeber-Latein!«

»Ich selbst kann mich ja sehr für *Rhododendron ambiguum* begeistern«, fuhr Justus unbeirrt fort.

Mr Zychal nickte. »In der Tat. Eine schöne Art.«

»Und vom *Rhododendron ambiguum* ist man dann natürlich schnell beim *Rhododendron praeoccupationis nostrae*.«

»*Rhododendron praeoccupationis nostrae*?« Mr Zychal sah ihn fragend an.

»Potenziell giftig, Sir. Besonders die Ableger.«

»Ah ja, natürlich. *Praeoccupationis vostrae* …«

»Der ist in jüngster Zeit ja stark gewachsen. Auch die Trauerweide: Ich rede hier von *Periculum filii tui*.«

»Verstehe, verstehe.« Mr Zychal nickte langsam.

»So, jetzt ist hier aber genug gefachsimpelt worden«, mischte sich sein Sohn ein. »Die beiden Hiwis vom Botanischen Garten haben ihr Versöhnungsgeschenk abgegeben und du wirst langsam müde, Vater. Also bitte …« Er drängte Justus und Peter aus dem Zimmer.

»Aber meine Lieblingspflanze war immer *Meridies crastini*!«, rief ihnen der alte Herr noch nach, bevor sein Sohn die Tür hinter ihm schloss.

Jay Zychal führte die beiden Detektive nach unten. »Und jetzt raus mit euch! Die Gesundheit meines Vaters ist angegriffen. Überraschungsbesuche brauchen wir wirklich nicht. Und mit diesem ganzen Botanik-Kram kommt mein Vater immer so richtig in Fahrt. Nicht gut für ihn! Die Schlange war aufregend genug. Richtet das ruhig eurem Chef aus!«

Justus und Peter gingen zum Auto.

»Ein bemerkenswert freundlicher Zeitgenosse.« Justus schüttelte den Kopf.

»Nichts für ungut, Erster, aber was sollte die Fachsimpelei auf Latein?«

Justus blieb so abrupt stehen, dass Peter fast in ihn hineingelaufen wäre.

»Ist dir denn nichts aufgefallen?«

Peter schüttelte den Kopf. »Nee, wieso?«

Justus stöhnte.

Was hat Justus denn? Weiter auf Seite 68.

Du bist von Seite 59 hierhergelangt.

Du bist von Seite 68 hierhergelangt.

»Ich habe nach unserem Brainstorming ja mit Roger von Roger's Reptiles telefoniert. Das ist der etwas spezielle Typ, bei dem ich mich nach Anakondas erkundigt hatte«, sagte Peter. »Eigentlich ist der ja ganz nett. Er kannte sich nicht nur mit den Standards für Gehege aus. Ich habe ihn auch gefragt, wo man denn ein ›sicheres‹ Terrarium kaufen kann. Er meinte, in ganz Südkalifornien kommt dafür eigentlich nur eine Firma namens *Mirror and Glass Inc.* infrage. Die sitzen in einem Industriegebiet im Osten von L.A. Hier, ich habe mir die Adresse aufgeschrieben.« Der Zweite Detektiv zog einen Zettel aus der Tasche.

»Nicht so schnell!«, rief Bob. »Wir sollten uns den Laden wenigstens mal kurz im Internet ansehen, bevor wir hinfahren. Kommt, wir halten noch schnell in der Zentrale.«

Der Zwischenstopp auf dem Schrottplatz lohnte sich. Bobs Recherche ergab, dass es *Mirror and Glass* wirtschaftlich sehr schlecht ging – Auftragsmangel.

»Das Motiv hätten wir!«, sagte Peter triumphierend.

Justus hatte sich auf die Rückbank des MG gezwängt und grummelte die ganze Fahrt vor sich hin. Ihm erschien die Aktion reichlich planlos. Und dann fing es auch noch an zu regnen. »›It Never Rains in Southern California‹? Dass ich nicht lache! Das Lied muss irgendeine Tourismus-Behörde in Auftrag gegeben haben!« Peter und Bob warfen sich Blicke zu. Justus war wirklich schlecht gelaunt.

Nach einer Dreiviertelstunde erreichten sie das von einem hohen Zaum umgebene Firmengelände von *Mirror and Glass*. Das Tor war verschlossen und mit einer dicken Kette gesichert. Alles war wie ausgestorben.

»Tja, Kollegen, heute ist Samstag. Ich glaube nicht, dass wir hier jemanden finden, mit dem wir uns unterhalten können.«
Peter schwieg.
»Peter, hast du dein Dietrichset dabei? Dann könnten wir schnell einbrechen und im Büro den offiziellen Vertrag mit dem Schlangenräuber finden. Wahrscheinlich säuberlich abgeheftet unter W wie ›Werbung‹«, sagte Justus ironisch.
Peter räusperte sich und sagte: »Ich finde, wo wir schon mal hier sind, sollten wir wenigstens einmal rund ums Firmengelände laufen.«
»Ach, so ein Spaziergang ist doch immer schön.« Justus grinste und marschierte los.
Auf der Nordseite grenzte der Zaun an ein Wäldchen. Die drei ??? wollten sich gerade einen Weg durch das Unterholz bahnen, da hörten sie erst lautes Keuchen und dann das Geräusch splitternder Äste. Instinktiv versteckten sich die Detektive hinter drei dicken Bäumen. Keinen Moment zu früh: Zehn Meter vor ihnen stapften zwei schwarz gekleidete Männer durch den Wald. Einer von ihnen – dünn und groß gewachsen – trug eine große Drahtschere, der zweite, untersetzte einen Rucksack, aus dem eine Brechstange ragte.
Die beiden schnitten ein Loch in den Drahtzaun, rannten eilig über den Hof und machten sich dann am rückwärtigen Eingang der Produktionshalle zu schaffen. Eine Minute später hatten sie die Tür geöffnet und verschwanden im Gebäude.
Justus blickte seine Freunde fragend an. Peter und Bob nickten. Mehr brauchte es nicht, um sich zu verständigen. Die drei ??? schlichen den Einbrechern hinterher.
Vorsichtig öffneten sie die Tür. Die Produktionshalle wirkte

von innen noch größer als von außen. Überall standen Glasscheiben und Spiegel. Die beiden Einbrecher waren nirgendwo zu sehen. Zuerst huschte Justus ins Gebäude, dann Bob, zuletzt Peter.

Plötzlich hörten sie einen Schrei: »Mist, ein Wachmann!« Der Dicke hatte Peter im Spiegel entdeckt und im Dämmerlicht der Halle für den Mitarbeiter eines Sicherheitsdienstes gehalten. Der Mann zog eine Pistole und schoss auf den Zweiten Detektiv. Besser gesagt: auf Peters Spiegelbild. So verfehlte die Kugel den Zweiten Detektiv, aber der Spiegel zerbarst in tausend Stücke. Der Einbrecher fluchte.

»Warte, dich krieg ich!«, rief er wütend, überlegte kurz, wo Peter gestanden haben musste, und rannte ihm hinterher.

Oh, oh, das sieht nicht gut aus für die drei ???. Was sollen die Detektive jetzt am besten tun?

Nichts wie weg! Peter rennt aus der Halle – Seite 109.

Peter versucht, mithilfe der Spiegel seine Verfolger abzuschütteln – Seite 30.

Justus und Bob, von denen der Einbrecher ja noch nichts ahnt, schalten sich ein – Seite 120.

Beide atmeten schwer. Der Mann wollte sich bewegen, da verschärfte Bob den Griff. Der Mann stöhnte leise. »Hijo mío«, murmelte er.

Bob drehte sich um. Die Schlange lag immer noch dort, wo sie auf den Boden gefallen war, und rührte sich nicht. Der dritte Detektiv atmete auf.

Dann hörte er einen Läufer näher kommen. Peter!

»Keine Angst, Zweiter«, rief er ihm zu. »Die Schlange scheint betäubt zu sein. Die gibt keinen Mucks von sich!«

»Das will ich aber schwer hoffen«, sagte Peter, machte einen großen Bogen um das leblose Tier und ging vorsichtig zu Bob. Die Schlange behielt er dabei sorgfältig im Blick. »Du hast also den Schlangenräuber gestellt. Nicht schlecht, Herr Kollege!«

»Den Schlangenräuber?«

»Die Besuchergruppe war im Gewächshaus, und als wir dazukamen, hat dieser Mann hier mit einem Glasschneider ein Loch ins Terrarium gesäbelt, als wäre die Scheibe aus Papier, hat die Schlange gepackt und ist mit ihr zur Hintertür raus. Völliges Chaos, ich sag's dir. Die Leute wollten nur noch weg. Onkel Titus ist ohnmächtig geworden und viele Leute sind hingefallen und haben sich verletzt. Am Ende lag die Hälfte in dieser Dschungellandschaft im Matsch. Ah, hör mal, ich glaube, da kommen Polizei und Krankenwagen. Die sollen die Schlange einsperren und diesen Herrn hier mitnehmen.«

Weiter auf Seite 28.

Du bist von Seite 63 hierhergelangt.

Du bist von Seite 104 hierhergelangt.

Peter öffnete langsam die Augen. Warum war alles so blendend hell? Träge wollte er die Augenlider wieder schließen, da hörte er eine Stimme, die ihm bekannt vorkam.
»Peter, nicht wieder wegdämmern!«
Zögernd drehte der Zweite Detektiv den Kopf nach links.
»Peter, kannst du mich hören?«
Die Stimme hallte in seinem Kopf.
»Ich bin's! Justus!«
Da saß jemand. Mit viel Mühe gelang es Peter, das Gesicht scharf zu stellen.
»Mensch, Peter! Ich bin ja so froh, dass du endlich zu dir kommst! Wir sitzen schon ewig an deinem Bett. Deine Mutter ist kurz raus und holt sich einen Kaffee.«
Langsam kam die Erinnerung zurück. Er war doch gemeinsam mit Justus bei diesem Mann gewesen und dann hatte er eine Limonade getrunken und dann –
Seine Erinnerung riss ab. Er schaute an sich herunter. Überall Kabel und Kanülen. Er lag im Krankenhaus!
»Justus, was ist passiert?«, fragte er schwach.
»Wir waren zusammen bei Mr Carmichael –«
Mr Snake! Jetzt fiel ihm alles wieder ein.
»Wie sind wir da rausgekommen? Und was ist mit Bob und Joel?«
»Denen geht's gut«, beruhigte ihn der Erste Detektiv.
»Aber was ist denn da noch passiert, nachdem ich … nachdem ich ohnmächtig geworden bin?« Das Sprechen fiel Peter schwer.
Die Tür öffnete sich und eine Schwester betrat das Krankenzimmer. »Peter, du bist wach! Das ist ein gutes Zeichen.«

Sie warf einen Blick auf den Monitor hinter seinem Kopf. »Aber das Reden strengt dich noch sehr an. Junger Mann«, sagte sie und blickte Justus vorwurfsvoll an, »dieses Gespräch muss ich jetzt beenden.«

»Aber wie ist das bei Mr Snake weitergegangen?«, wollte Peter wissen. »Was sollte das mit der Limonade? Wollte der mich etwa – töten?«

Die Schwester öffnete schon den Mund, da sagte Justus schnell: »Ich erzähl's dir in Ruhe, Peter, wenn du wieder ganz auf dem Damm bist. Erhol dich erst mal.« Aber da war Peter schon wieder eingeschlafen.

Puh, das ist ja gerade noch mal gut gegangen. Aber es würde noch eine Weile dauern, bis Peter wieder ganz der Alte war. Justus und Bob verbrachten jede freie Minute bei ihm im Krankenhaus. Natürlich ruhten derweil die Ermittlungen.

Dann meldete die *Rocky Beach Today*, die weiße Anakonda habe, professionell und sicher untergebracht in einem kleinen Terrarium, am Morgen des Vortages einfach vor dem Verwaltungsgebäude des Botanischen Gartens gestanden.

Peter war erleichtert: Der Auftrag von Tante Mathilda hatte sich erledigt, für weitere Ermittlungen war er nicht mehr zu gewinnen. Und wer wollte dem Zweiten Detektiv widersprechen, den sein Einsatz sogar ins Krankenhaus gebracht hatte? Also grummelte Justus nur im Stillen, dass dieser Fall doch reichlich Merkwürdigkeiten und ungeklärte Fragen aufwies. Bob schloss die Akte.

Du bist von Seite 30 oder 130 hierhergelangt.

Am nächsten Morgen parkte Bob seinen Käfer etwa hundert Meter von Mr Zychals Haus entfernt. Die drei ??? hatten abgesprochen, zur Sicherheit zunächst den dritten Detektiv vorzuschicken: Sie wollten verhindern, dass Mr Zychal junior misstrauisch würde, falls er wider Erwarten doch zu Hause war, und Bob kannte er noch nicht. Von seinem Vater hatte sich der dritte Detektiv mit allem ausstatten lassen, was ein Zeitungswerber benötigte: einem Bestellblock für Abonnements, Gutscheinen, Werbekugelschreibern. Sogar eine Baseball-Mütze mit dem Logo der Los Angeles Post hatte Bob aufgesetzt.

Bei einem früheren Fall hatte ihnen diese Verkleidung schon einmal gute Dienste geleistet, aber hier stellte sich die Maskerade als überflüssig heraus: Auf Bobs Klingeln öffnete nicht Jay Zychal, sondern eine junge Frau, die nur gebrochen Englisch sprach und offenbar aus Mexiko stammte. Mit ihrem langen, farbenfrohen Rock und den hochgesteckten Haaren wirkte sie wie ein Mädchen vom Land.

Mr Zychal senior rief fröhlich aus dem Obergeschoss herunter, Bob winkte Peter und Justus heran und zu dritt gingen sie hoch zu dem alten Herrn. Justus stellte Bob vor und erklärte, dass sie als Detektive tätig waren.

»Salvete, amici«, rief Mr Zychal fröhlich, wurde aber dann plötzlich ernst, als er auf seine Uhr blickte. »Wir müssen uns beeilen, mein Sohn wird bald zurückkommen.«

»Sir, ich erspare Ihnen also die Vorgeschichte«, antwortete Justus. »Bei unserem letzten Besuch hatte ich den Eindruck, dass zwischen Ihnen und Ihrem Sohn etwas nicht stimmt.«

»Gut beobachtet«, antwortete Mr Zychal. Er zögerte einen

Moment. »Ach, warum soll ich euch das nicht erzählen? Ihr macht einen vertrauenswürdigen Eindruck und die Idee mit den ausgedachten Pflanzennamen hat mich ziemlich beeindruckt. Also«, er holte tief Luft, »ich befürchte, dass mein Sohn hinter meinem Geld her ist. Von dem profitiert er zwar schon zu meinen Lebzeiten – das hier ist sein Haus und ich helfe ihm dabei, es abzubezahlen –, aber es ist noch deutlich mehr zu holen, wenn ich erst mal tot bin. Ich habe ein ganz ansehnliches Vermögen.«

»Und Ihr Sohn –«

»Er hält mich, wie soll ich sagen, ziemlich knapp und versucht nach Kräften, mich von der Außenwelt abzuschirmen. Andere Angehörige habe ich nicht und Jay hat bewusst eine Pflegerin aus Mexiko angestellt, die schlecht Englisch spricht und illegal im Land ist. Sie wird ihm wohl kaum in die Quere kommen, obwohl sie ein herzensguter Mensch ist. Ihr habt Doña Ligia ja bereits kennengelernt.«

Mr Zychal räusperte sich. »Ehrlich gesagt, ich habe Sorge, dass mein Sohn über meinen Tod … nun ja … nicht ganz unglücklich wäre. Deswegen habe ich in mein Testament eine Klausel aufgenommen, dass der Testamentsvollstrecker später alles genauestens untersuchen muss. In meinen Anweisungen steht ausdrücklich, dass er besonders genau hinschauen soll, falls ich hier im Haus sterbe – im direkten Einflussbereich meines Sohnes. Ich bin ja nicht nur gehbehindert, sondern auch herzkrank, da kann schon ein großer Schreck reichen und es ist vorbei.« Mr Zychal seufzte.

»Wenn der Testamentsvollstrecker – ein Anwalt, den ich schon seit über vierzig Jahren kenne und dem ich absolut vertraue – Zweifel daran hat, dass ich eines natürlichen Todes gestorben bin – ganz unabhängig davon, was im Totenschein steht –, geht mein Erbe nicht an Jay, sondern an einen wohltätigen Zweck. Mein Sohn kennt diese Klausel.«

»Sir, ich fasse zusammen«, sagte Justus: »Möglicherweise wollte Ihr Sohn Sie also am vergangenen Sonntag mit einem inszenierten Schlangenraub zu Tode erschrecken, und zwar in einer Situation, von der auch viele andere betroffen sind, nicht zuletzt er selbst. Auf diese Art und Weise würde es nicht so aussehen, als hätte der Anschlag Ihnen gegolten. Aber Sie haben überlebt!«

Mr Zychal schmunzelte: »Ach, ich bin zäher, als alle immer denken. Klar hab ich mich letzten Sonntag mächtig erschrocken und natürlich hat die Pumpe erst mal verrücktgespielt. Aber ganz so schnell stirbt's sich nicht. Falls das tatsächlich stimmen sollte, was du sagst, hat mein Sohn offenbar geglaubt, ich hätte wirklich panische Angst vor Schlangen.«

»Warum *wirklich*? Das müssen Sie uns erklären, Mr Zychal«, sagte Bob.

»Als ich meine verstorbene Frau kennenlernte, war sie ganz versessen aufs Zeltengehen. Je tiefer in der Wildnis, umso besser. Ich hatte darauf überhaupt keine Lust, aber mir war klar, dass ich damit bei Lisa nicht durchkommen würde. Deswegen habe ich gleich zu Beginn unserer Beziehung eine massive Schlangenphobie erfunden.« Mr Zychal lachte. »Dagegen konnte selbst Lisa nichts mehr sagen: Mich mit meinen Angstzuständen in die Wildnis zu schleppen – das wäre ja einfach grausam gewesen.«

»So weit passt alles zusammen«, schaltete sich Peter ein. »Aber warum nur diese aufwendige Inszenierung im Botanischen Garten? Mir würden spontan mindestens fünf, ähm, todsichere Methoden einfallen, um Sie umzubringen und trotzdem zu erben.«

»Peter!«, rief Justus entsetzt. »Das müssen wir jetzt aber wirklich nicht vertiefen! Das ist doch makaber! Wichtiger ist doch die Frage, warum Sie bei einem so schrecklichen Verdacht nicht einfach ausziehen, sich eine kleine, behindertengerechte Wohnung suchen und sich selbst um eine Pflegerin kümmern. Sie sagten, dass Sie vermögend seien. Am Geld kann es also nicht liegen.«

Mr Zychal wollte gerade antworten, da hörten sie, wie unten die Tür aufging.

»Mein Sohn kommt zurück«, flüsterte der alte Herr erschrocken. Auch die drei ??? sahen sich beunruhigt an.

Flüchten oder standhalten, das ist hier die Frage.

Wenn die drei ??? bleiben sollen, lies weiter auf Seite 25.

Wenn die drei ??? sich Jay Zychal entziehen sollen, dann lies schnell weiter auf Seite 15.

Du bist von Seite 35 hierhergelangt.

Zügig erfragten die beiden Streifenpolizisten Namen, Adressen und Telefonnummern und schickten die noch immer völlig verstörten Besucher nach Hause.

»Könnten Sie uns ins Präsidium fahren?«, bat Cotta den älteren der beiden Polizisten. Er winkte den drei ??? mitzukommen und eilte mit ihnen zum Parkplatz. Der Polizist setzte sich ans Steuer, Cotta auf den Beifahrersitz. Er zückte seinen Block und drehte sich zur Rückbank um, auf der die Jungen Platz genommen hatten. Der Streifenwagen fuhr los.

»Also?«, fragte der Inspektor einfach.

»Geschlecht: männlich. Alter: zwischen dreißig und fünfunddreißig Jahren. Größe: etwa ein Meter siebzig, eher weniger. Schlank. Haar: schwarz, kurz geschnitten. Dünner schwarzer Oberlippenbart, dunkle Augen –«

»Oh nein«, unterbrach Cotta Justus. Auf der Zufahrt zum Botanischen Garten war ihnen der Truck des Lokalfernsehens entgegengekommen. »Die sind manchmal noch vor der Polizei da, wenn irgendwo eine spannende Geschichte winkt. Gut, dass die Leute schon alle weg sind, dann können die das Ganze nicht so aufbauschen. Egal, weiter im Text.«

»Kleidung: rote Windjacke, blaue Jeans, weiße Turnschuhe mit zwei schwarzen Streifen. Schwarze Lederhandschuhe. Besondere Kennzeichen: keine.«

»Ich weiß schon, warum ich euch gefragt habe«, sagte Cotta anerkennend, während er den Wagen vor dem Polizeipräsidium parkte. »Die Beschreibung geht gleich an alle Streifenwagen raus. Ihr habt noch etwas Zeit?« Er schob die Jungen einfach ins Gebäude.

Cotta gab die Notizen, die er während der Fahrt gemacht hat-

te, in der Einsatzzentrale ab, dann führte er die drei ??? in ein Büro im ersten Stock. »Bill, ich habe hier drei Zeugen. Lass sie doch mal in unsere elektronischen Verbrecheralben gucken. Und sag mir bitte Bescheid, wenn ihr fertig seid.«
Eine Dreiviertelstunde und viele Mausklicks später waren die drei ??? nicht fündig geworden. Cotta holte sie ab. »Dann gehen wir noch zum Phantombildzeichner.«
»Ich dachte, der wäre aus Kostengründen hier in Rocky Beach abgeschafft worden?«, fragte Justus erstaunt. »Ich habe davon in der Zeitung gelesen.«
»Ja, ja. Aber wir haben hier einen Verkehrspolizisten, der in seiner Freizeit ein richtiger Künstler ist, auch am Computer. Der hat uns da eine Oberfläche gebastelt. Ich sage immer: Wenn die Beschreibung gut ist, kriegen wir das auch auf eigene Faust hin. Amtshilfe für Phantombilder vom Los Angeles Police Department?« Cotta schnaubte. »Da weiß ich einfachere Wege in den Wahnsinn …«
Der Inspektor war sichtlich stolz, wie schnell sein Kollege ein Fahndungsbild erstellt hatte. »Damit suchen wir jetzt im ganzen Großraum L. A.«, erklärte Cotta. »Danke, Jungs! Ich rufe jemanden, der euch nach Hause fährt. Und noch eins: Ihr habt uns sehr geholfen – aber von jetzt an haltet ihr euch raus, verstanden?«

Weiter auf Seite 114.

Du bist von Seite 108 hierhergelangt.

Als sie endlich am Botanischen Garten ankamen, war niemand zu sehen. Unter einem großen Baum standen ein Rednerpult und viele Klappstühle. Hatte es hier einen Vortrag für die Tierpaten gegeben? Aber wo waren alle hin?
Peter und Justus gingen gemeinsam mit Tante Mathilda und Onkel Titus ins Gewächshaus, wo einige Terrarien mit Schlangen und Lurchen standen. Bob wollte zunächst bei der Streichelwiese nachsehen. Er kam gerade am Hinterausgang des Gewächshauses vorbei, da flog die Tür auf und ein Mann stürzte heraus: eher klein, Anfang dreißig, schwarzer Schnurrbart, rote Windjacke. Aber auf all das achtete Bob nicht – denn der Mann hielt eine helle, armdicke Schlange in den Händen!
Er rempelte Bob an, sodass ihn die Schlange streifte, bemerkte erst jetzt den dritten Detektiv und rannte davon. Bob war starr vor Schreck. Die – die Schlange! Für einen Moment hatte er ihre trockene, schuppige Haut am Arm gespürt. Der dritte Detektiv brauchte einen Moment, um wieder klar denken zu können: eine Riesenschlange außerhalb ihres Geheges, auf dem Arm eines Mannes, der nicht wie ein Angestellter in Uniform aussah? Und verdammt eilig hatte er es! Hier war etwas faul. Hatte der Mann die Schlange gestohlen?
Zwar konnte Bob ihn inzwischen nicht mehr sehen, doch er meinte sich zu erinnern, dass der Mann in Richtung Norden gerannt war. Der dritte Detektiv zögerte nicht länger. Vielleicht konnte er den Dieb noch einholen.

Weiter auf Seite 63.

Du bist von Seite 116 hierhergelangt.

»Wofür brauchst du denn die Hemden, Just?«, wollte Bob wissen, als sie wieder im Auto saßen.
»Wenn wir Teilnehmer der Führung zu Hause besuchen, ist es bestimmt nicht verkehrt, wenn wir einen möglichst offiziellen Eindruck machen«, erklärte der Erste Detektiv.
»Also, mich überzeugt deine Theorie mit den Besuchern, denen jemand Böses wollte, nicht so richtig«, wandte Peter ein. »Nach dieser Logik müssten wir auch Onkel Tit–«
»Peter, das ist doch absurd!«
»Wieso das? Wo bleiben deine unbestechlichen Geisteskräfte? Bloß weil es um deinen Onkel geht!«
Das wollte Justus nicht auf sich sitzen lassen: »Okay, Peter. Wenn du unbedingt willst: Wir können heute Nachmittag auch Mr Titus Andronicus Jonas befragen. Ich gebe allerdings zu bedenken, dass unklar war, ob Onkel Titus am Sonntag überhaupt mitkommen würde. Er wollte sich doch bis zur letzten Minute drücken. Wie hätte der Täter wissen sollen, dass er sicher dabei sein würde?«
Peter schwieg.
Justus schlug einen versöhnlichen Ton an: »Wenn wir einfach mal meine Theorie als Arbeitshypothese nehmen – bei welchem Besucher sollten wir anfangen?«
»Also, mir fällt da gleich der alte Mann im Rollstuhl ein – der mit den Herzproblemen und der Infusion«, antwortete Bob.
»Mr Ben Zychal«, erinnerte sich der Erste Detektiv.
»Ist gut«, stimmte Peter zu. »Den hat es wirklich am schlimmsten erwischt.«

Weiter auf Seite 42.

Du bist von Seite 40 hierhergelangt.

Der Zweite Detektiv wollte schon zugreifen, da vertauschte Justus blitzschnell Peters Getränk mit dem von Mr Snake. Der schob das Glas von sich weg und lachte anerkennend. »Vielleicht gesünder so.«

Peter schluckte. Nicht auszudenken, was der Tier-Dealer ihnen offenbar in die Limonade gemischt hatte.

»Also, was kann ich für euch tun?«, fragte Mr Snake.

»Sir, wir sind auf der Suche nach der weißen Anakonda, die im Botanischen Garten geraubt wurde«, antwortete Justus. »Ich nehme an, Sie haben von der Geschichte gehört.«

»Sicher, sicher. Und ihr wisst auch, dass es sich um eine Albino-Schlange handelt. Alle Achtung, das stand nicht in der Zeitung. Warum seid ihr denn auf Schlangenjagd? Wollt ihr euch die Belohnung verdienen? Besonders üppig ist sie ja nicht, für so eine teure Schlange.«

»Nein, uns geht es nicht um Geld. Wir sind Detektive.« Justus reichte ihm ihre Karte.

»So selbstbewusst, wie ihr hier aufgetreten seid, sollen die Fragezeichen wohl kaum einen Zweifel an euren Fähigkeiten ausdrücken.«

»Sie sind seit langer Zeit der Erste, bei dem wir diese Fehlannahme nicht korrigieren müssen.« Justus machte mit seinem rechten Arm eine Geste, als wollte er den Hut vor Mr Snake ziehen. Dieser lächelte geschmeichelt. »Unsere Klientin, die die Patenschaft für die Schlange übernommen hat, hat uns gebeten, den Botanischen Garten bei der Wiederbeschaffung des Tieres zu unterstützen. Wir haben uns umgehört und uns wurde einhellig versichert, wenn uns einer helfen könnte, dann Sie.«

Mr Snake nickte selbstgefällig. »Das kann man wohl so sagen. Ich habe beste Kontakte die ganze Küste rauf und runter. Es gibt wohl in ganz Südkalifornien keinen größeren Reptilienfreund als mich.«

Peter, der sich schon die ganze Zeit über Justus' Schmeicheleien geärgert hatte, wurde zornig: »Sie ein Reptilien*freund*? Dass ich nicht lache! Schert sich einen Dreck um die Rote Liste, handelt mit geschützten Arten und nennt sich dann einen Tierfreund. Das ist ja wohl echt das Letzte! Ihnen müsste man die Polizei auf den Hals hetzen!«

Justus versuchte seinen Freund zurückzuhalten. Mr Snake lachte wieder. »Aber, aber, warum denn so zornig? Ich glaube, da haben wir jetzt wohl einen Zielkonflikt, junger Freund. Wenn du Anzeige erstattest, werdet ihr nie erfahren, wo die weiße Anakonda steckt. Und wenn ich euch tatsächlich bei der Suche nach eurer Schlange behilflich sein sollte, dann doch bestimmt nicht, um anschließend die Polizei vor der Tür stehen zu haben.« Sein Lächeln wurde starr. »Aber eigentlich stellt sich diese Frage nicht. So schnell muss ja niemand von eurem Besuch erfahren.« Wie aus dem Nichts hatte er eine Pistole in der Hand.

»Wir hätten ihn nicht allein aus dem Zimmer gehen lassen dürfen, Peter. Er muss in der Küche –«

»Tja, man kann nicht an alles denken. Obwohl ich zugeben muss: der Limonadentausch – brillant kombiniert.« Mr Snake machte Justus nach, wie er vor ihm den Hut gezogen hatte. »Aber jetzt, wenn ich bitten darf, meine Herren, hier entlang.« Er wedelte mit der Pistole.

Justus stimmte den Ruf des Rotbauchfliegenschnäppers an.

Eines der Fenster war eine Handbreit hochgeschoben. Bob und Joel müssten ihn eigentlich draußen hören können.
Mr Snake lachte wieder: »Ist das ein Vogel, den du da nachmachst? Etwa ein geheimes Signal an eure Hilfstruppen? Die werden das kaum mitbekommen …«
Er lotste die beiden Detektive durch die Küche in ein kleines Büro.
»Seht euch mal diese Monitore an. Meine Kameras haben alles im Blick. Ihr glaubt doch wohl nicht im Ernst, ich ließe mein Haus ungesichert! Hier auf der Nummer drei: Das sind anscheinend eure gefiederten Freunde.« Er zeigte auf Bob und Joel, die verzweifelt versuchten, sich aus einer Art Kabine zu befreien.
»Den einen kenn ich doch. Na, ob ich dem noch mal was verkaufe … Die beiden haben offenbar versucht, in meine Aufzuchtstation hinter dem Haus einzudringen. Und jetzt sind sie in der Eingangsschleuse gefangen: Wer von außen kommt und den Code für die innere Tür nicht kennt, kann weder vor noch zurück.«
Peter sah sich das Monitorbild genauer an. Schiebetüren, nur Elektronik, nirgendwo ein Schloss. Da hätte auch er mit seinem Dietrichset keine Chance gehabt.
»Da kommt mir eine Idee«, fuhr Mr Snake fort. »Was, wenn es euren Freunden tatsächlich gelungen wäre, in die Aufzuchtstation einzubrechen? Und was, wenn sie dabei von giftigen Schlangen gebissen worden wären?« Er lächelte kalt. »Wir gehen jetzt mal alle zusammen rüber.«

Der Weg zur Aufzuchtstation führt über Seite 110.

Bob rannte los. Als er um die Manzanita-Hecke bog, sah er, dass er sich nicht geirrt hatte: Etwa zweihundert Meter vor ihm rannte der Mann in der roten Windjacke über die Wiese – allerdings nicht besonders schnell, da er offenbar Schwierigkeiten hatte, die Schlange im Laufen festzuhalten. Bob holte immer mehr auf. Der Flüchtende rannte auf einen silbernen Toyota Camry zu, der auf einem staubigen Feldweg am Rand der großen Rasenfläche parkte.

Der Mann stolperte.

Das war Bobs Chance. Er lief noch schneller, und ehe der Mann sich wieder aufrappeln konnte, war der dritte Detektiv bei ihm. Der Dieb hielt die Schlange schützend vor sich, doch sie bewegte sich nicht. Er musste sie betäubt haben.

In seiner Verzweiflung warf er Bob die Schlange zu. Dieser sprang instinktiv zur Seite und stolperte nun selbst. Der Mann rannte wieder los. Nun hatte er fünf Meter Vorsprung auf seinen Verfolger, und weil er die Schlange nicht mehr tragen musste, konnte er schneller laufen als vorher.

Aber Bob erwischte ihn dennoch. Wenige Schritte vor dem Wagen bekam er den Mann an seiner roten Jacke zu packen und riss ihn um. Der Räuber wehrte sich nach Leibeskräften, aber schließlich gelang es Bob, ihn im Polizeigriff zu Boden zu drücken.

Du bist von Seite 24 hierhergelangt: Weiter auf Seite 94.
Du bist von Seite 58 hierhergelangt: Weiter auf Seite 49.

Du bist von Seite 24 oder 58 hierhergelangt.

Du bist von Seite 12 hierhergelangt.

Das erste Geschäft auf Peters Liste lag in der Nähe des Hafens. Früher hatte es in der Straße zahlreiche Geschäfte gegeben, aber inzwischen waren fast alle Schaufenster verrammelt. Eine Bar hatte sich gehalten und war offensichtlich schon am frühen Morgen geöffnet. OOL TABL, blinkte der traurige Rest einer Neonreklame, die auf die Billardtische aufmerksam machen sollte.

Peter musste die Straße zweimal auf und ab fahren, bis er das Reptiliengeschäft endlich gefunden hatte. Die Schaufensterscheiben waren von innen schwarz gestrichen und statt eines Ladenschilds stand nur ROGER'S REPTILES auf der kleinen Glasscheibe der Eingangstür.

Der Zweite Detektiv parkte seinen MG hinter einem Auto, das aussah, als sei es seit vielen Monaten nicht bewegt worden. Vorsichtig ging er über den scherbenübersäten Bürgersteig zum Geschäft und öffnete die Tür. In den Tiefen des Ladens hörte er eine Klingel.

Roger hatte an der Beleuchtung gespart. Die einzige Lichtquelle waren die Wärmelampen und Glühbirnen, die in den Terrarien hingen. Zögernd trat Peter näher und schaute sich um. Er entdeckte ein Tier, das aussah wie ein kleiner Komodo-Waran, schwarz gefleckte Frösche, die auf einem Ast herumkletterten, und einen grün-braun gemusterten Gecko, der eine Heuschrecke verspeiste.

Der Zweite Detektiv wollte sich gerade den Schlangen auf der anderen Seite zuwenden, als er plötzlich eine Berührung an der rechten Schulter spürte. Peter zuckte zusammen und riss den Kopf herum.

»Aber, aber, wer wird denn erschrecken?«, lachte der Ladenbe-

sitzer, der lautlos aus dem Dunkel aufgetaucht war und Peter die Hand auf die Schulter gelegt hatte: ein unrasierter Mann Ende dreißig, dessen Unterarme über und über tätowiert waren. In den Hals hatte er sich eine Schlange stechen lassen, die sich bis zu seinem Ohr hochschlängelte. »Ich bin Roger. Was kann ich für dich tun?«
Peter musste sich erst einmal sammeln. »Äh, ich bin auf der Suche nach einer Anakonda. Also, äh, ich würde mir gerne eine Anakonda *kaufen.*«
»Eine Anakonda, soso. Bemerkenswerte Tiere sind das. Ich kann dir gerne eine zeigen.« Roger führte den Zweiten Detektiv zu einer großen Vitrine. »Sieh mal hier. Ein sehr schönes Exemplar. Etwa zehn Jahre alt, zwei Meter lang, fast zwanzig Kilo schwer.« Peter schluckte. »Die Tiere leben in den tropischen Wäldern Südamerikas und werden wegen der charakteristischen Farbe auch Grüne Anakondas genannt. Andere bezeichnen sie als Wasserboas. Der lateinische Name ist *Eunectes murinus.* Das bedeutet: guter Schwimmer, der sich von Mäusen ernährt.« Roger lachte: »Aber dieses Schätzchen hier kann man nicht mit solchen Winztieren locken. Größere Exemplare in freier Wildbahn verschlingen gern schon mal ein Reh oder einen Tapir …«
Peters schwitzte. Er wollte seinen Besuch bei Roger möglichst schnell hinter sich bringen, deswegen entschloss er sich, direkter vorzugehen: »Das ist ja faszinierend. Sagen Sie mal, sind die Anakondas eigentlich immer so grün? Ich glaube, ich habe im Botanischen Garten mal eine gesehen, die war ganz hell. Das hat mir gut gefallen.«
Der Ladenbesitzer lächelte süßlich: »Eine Gelbe Anakonda?

Oder war sie fast weiß? Mit einer hellgelben Zeichnung? So etwas ist sehr selten, aber ich könnte dir bestimmt eine besorgen. Es ist immer schön, wenn jemand das Besondere zu schätzen weiß. Apropos: Komm mit, ich zeige dir etwas, das sonst nur wenige zu sehen bekommen.« Roger legte Peter den Arm auf die Schulter und führte ihn in ein Hinterzimmer. Auch hier säumten zahlreiche Terrarien die Wände. In der Mitte des Raumes standen drei Käfige: je einer für Mäuse, Ratten und Kaninchen. Der Ladenbesitzer würde doch nicht –, dachte Peter noch, da hatte Roger schon mit einer geübten Bewegung ein Kaninchen aus dem Stall gegriffen und in ein besonders großes Terrarium gesteckt.
Das Kaninchen sprang in Panik wild hin und her. Der Kopf der Riesenschlange schoss vor. Sie verbiss sich in ihre Beute und umschlang sie. »Boas beißen. Und dann: Tod durch Ersticken«, erklärte Roger knapp. »Die Schlange wickelt sich so fest um das Beutetier, dass es nicht mehr atmen kann. Und wenn das Kaninchen dann tot ist, verschlingt die Boa es in einem Stück. Mit dem Kopf zuerst.«
Peter schüttelte es. Worauf hatte er sich nur eingelassen? Während er gebannt auf das unheimliche Schauspiel starrte, hatte der Ladenbesitzer unauffällig in ein anderes Terrarium gegriffen, eine Schlange herausgeholt und sie dem vor Schreck erstarrten Peter um den Hals gelegt.
»Keine Angst. Die ist mein Haustier. Ist dressiert. Die tut nichts. Außer ich pfeife, dann … Na ja, du hast ja selbst gesehen, was eine Schlange so alles kann.« Seine Stimme wurde hart. »Und jetzt die Wahrheit: Was willst du?«
Peter wagte kaum zu atmen. »A-a-also«, stotterte er.

»Soll ich pfeifen?«

Der Zweite Detektiv drehte ganz langsam seinen Kopf und sah, wie die Schlange züngelte. Er würde alles erzählen müssen. Stockend und ohne die Schlange um seinen Hals aus den Augen zu lassen, berichtete Peter, wie sie Zeuge des Schlangenraubs im Botanischen Garten geworden waren, dass sie Detektive waren mit dem Auftrag, das Tier wiederzufinden, und dass sie mit ihren Ermittlungen in einem Fachgeschäft ansetzen wollten.

»Ein sehr überzeugendes Vorgehen«, spottete Roger. »Ihr habt also gedacht, ich hätte die Schlange stehlen lassen? Oder der Dieb hätte sie mir verkauft und ich würde sie auf Anfrage gerne weiterverkaufen an einen schlotternden Jüngling, der offenbar noch nie in seinem Leben etwas mit Schlangen zu tun hatte? Nee. Es mag ja in unserer Branche schwarze Schafe geben, aber ich habe mit gestohlenen Tieren nichts am Hut. Ts, ts. Warte, ich nehm dir dein Halsband ab.« Er packte das Tier und verstaute es wieder im Terrarium. Peter atmete tief aus und entspannte sich.

»Übrigens, du Meisterdetektiv: Das war jetzt keine Würgeschlange, sondern eine Blindschleiche: ein Reptil aus Europa, das zwar aussieht wie eine Schlange, aber keine ist. Ungiftig und vollkommen harmlos. Taub ist sie außerdem.« Er pfiff und bewegte seine Hände wie ein Schlangenbeschwörer. »Und jetzt – *schleich* dich!« Sein scheppterndes Lachen verfolgte Peter bis zum Auto.

Peter ist die Lust auf weitere Besuche in Zooläden gründlich vergangen. **Weiter auf Seite 90.**

Du bist von Seite 42 hierhergelangt.

»Und dann hat Justus gezeigt, was er so alles an Latein draufhat«, schloss Peter seinen Bericht an Bob.
»Meine Lateinkenntnisse sind eher rudimentär«, sagte Justus spitz. »Ich habe einfach ein bisschen improvisiert: Fremdwörter, Spanisch …«
»Aber wozu das Ganze?«, wunderte sich Peter. »Ich glaube, Mr Zychal hätte sich auf jeden Fall über unseren Besuch gefreut, auch wenn kein Meisterbotaniker gekommen wäre.«
»Mir ist einfach in dem Haus so einiges aufgefallen. Erstens: Mr Zychal ist sehr schlecht zu Fuß, hat aber ein Zimmer im ersten Stock.«
»Vielleicht gibt es im Erdgeschoss einfach nichts Passendes«, meinte Bob.
»Doch. Auf dem Weg nach oben habe ich am Fuß der Treppe in ein Schlafzimmer gelinst: groß, hell – und das Jackett, das Mr Zychal junior am Sonntag getragen hat, hing über einem Stuhl. Das war sein Zimmer.«
»Was noch?«
»In der Küche stand ein gut gefüllter Obstkorb, oben bei Mr Zychal nur ein Krug mit Wasser. Und offenbar hat jemand in Mr Zychals Zimmer alle Bilder abgehängt. Man konnte noch schemenhaft die Ränder se–«
»Aber das ist doch lächerlich, Justus!«, rief Peter. »Da gibt es doch für alles eine Erklärung. Vielleicht mag Mr Zychal einfach kein Obst, vielleicht –«
»Das stimmt, Peter«, gab Justus zu. »Aber in der Summe kam mir das alles merkwürdig vor. Die Atmosphäre wirkte sehr angespannt. Ich glaube, da stimmt was nicht zwischen den beiden. Das habe ich den Senior mithilfe der ausgedachten

lateinischen Pflanzennamen gefragt. *Praeoccupationis nostrae*: unsere Sorge. *Periculum filii tui*: Gefahr durch Ihren Sohn. Die Anspielung mit den potenziell giftigen Ablegern … Mr Zychal hat gleich verstanden. Sein Lieblingsgewächs, das er uns noch nachgerufen hat, bevor sein Sohn uns rausgeschmissen hat – das hat übrigens bedeutet, dass wir morgen Mittag wiederkommen sollen.«

»Also, ich finde das alles ziemlich überzogen«, sagte Peter. »Du hast uns zu Mr Zychal gescheucht und deswegen suchst du jetzt Ergebnisse …«

»Was ist denn mit euch beiden los?«, wunderte sich Bob. »Wieso streitet ihr euch denn? Also ich finde, wir sollten da morgen auf jeden Fall hingehen.«

»Wir können ja bis dahin die Zeit noch für andere Recherchen nutzen, Peter«, schlug Justus vor. »Da wäre doch auch noch das Baby, das in hohem Bogen –«

»Das ist wirklich dein Leib-und-Magen-Thema, Justus«, schmunzelte Peter. »Ich finde, wir sollten zunächst mal der Theorie nachgehen, dass jemand bei einem Auftrag für ein neues Terrarium ein wenig nachhelfen wollte.«

Vielleicht kannst einfach du das entscheiden, bevor Justus und Peter wieder aneinandergeraten:

Noch einen Teilnehmer an der Führung besuchen – Seite 130.

Terrarienbauer überprüfen – Seite 46.

Du bist von Seite 106 hierhergelangt.

Justus und Bob gingen zu den beiden anderen zurück. »Woher hast du die Wyoming-Kröte?«, fragte Justus scharf.
»Das – das kann ich nicht sagen«, stotterte Joel.
»Joel, denk dran, du hast dich strafbar gemacht«, erinnerte der Erste Detektiv seinen Mitschüler.
Joel seufzte. »Ich habe sie bei Mr Snake gekauft.«
»Erzähl uns keine Geschichten!«, sagte Justus barsch.
»Natürlich heißt er nicht wirklich so. Das ist sein Deckname. Mr Snake züchtet selbst. Und was er nicht legal züchtet, kann er einem besorgen«, erklärte Joel.
»Mit dem Herrn müssen wir uns dringend mal unterhalten.«
»Das wird nicht so einfach sein. Ich weiß praktisch nichts über ihn, geschweige denn, wo er wohnt. Wenn ich mit ihm Kontakt aufnehmen will, muss ich einen Eintrag mit einem bestimmten Codewort in einem Internet-Forum posten. Er checkt das jeden Tag um fünf Uhr nachmittags.«
Justus blickte auf seine Uhr. »Wir haben Glück: Das ist schon in einer Viertelstunde.« Er schaute Joel mit Nachdruck an. Zögernd ging Joel in sein Zimmer, fuhr den Computer hoch und stellte die Nachricht ins Forum. Kurz nach fünf klingelte das Telefon. Justus stellte den Lautsprecher an.
»Was brauchst du?«, fragte eine Stimme knapp.
»Eine Angola-Python«, sagte Joel.
»Und was genau?«
»Ein Weibchen, etwa ein Jahr alt.«
»Du hast Glück, die habe ich da. 250 Dollar. Morgen Nachmittag um sechs. Üblicher Treffpunkt.« Mr Snake legte auf.

Weiter auf Seite 82.

Du bist von Seite 38 hierhergelangt.

»Peter, Bob, das ist doch jetzt wohl nicht euer Ernst. Wenn ich einen Ratgeber schreiben müsste – ›Detektivarbeit für Anfänger‹ –, im ersten Kapitel würde als allererste Regel in Fettdruck stehen: ›Nie eine Spur kalt werden lassen!‹«
Aber Peter und Bob ließen sich nicht beirren. Schließlich erinnerte Bob den Ersten Detektiv daran, dass er zwar der Anführer ihres Detektivunternehmens sei, nicht aber ein Diktator wie einst Cäsar: »Wir stimmen ab!«
»Et tu, Brute«, sagte Justus resigniert und schlug die Zeitung zu. »Oder: ›Auch du, mein Sohn Brutus‹, sagte Cäsar und verschied. Jetzt weiß ich, warum du letzte Woche im Geschichtsunterricht das Referat über das Ende der römischen Republik halten wolltest …«

Nachdem sie beschlossen hatten, sich vorerst nicht weiter mit der geraubten Schlange zu beschäftigen, erlahmte Peters Begeisterung für die Schule natürlich rasch wieder. Der Zweite Detektiv hatte die gestohlene Anakonda schon fast vergessen, da meldete die *Rocky Beach Today*, dass die gefährliche Würgeschlange wieder aufgetaucht war. Sie hatte eines Morgens, gut gesichert in einem kleinen Terrarium, einfach vor dem Gewächshaus im Botanischen Garten gestanden. Peter und Bob fühlten sich bestätigt, nur Justus ärgerte sich: »Da gibt es doch so viele Merkwürdigkeiten. Warum zum Beispiel –«
»Justus, gib's auf: Die Schlange ist wieder da! Das war's!«
So endete dieser Fall, bevor er richtig begonnen hatte.

Du bist von Seite 7 hierhergelangt.

»Soso, junger Mann.« Tante Mathilda ließ prüfend ihren Blick über Justus wandern. »Ich finde, du –«
»Lass gut sein, Mathilda. Wir müssen los.«
Justus warf Onkel Titus einen dankbaren Blick zu. Tante Mathilda seufzte und scheuchte alle zur Tür hinaus. Kurze Zeit später waren sie am Botanischen Garten.
»... freuen wir uns sehr, dass Sie heute so zahlreich den Weg hierhergefunden haben«, sagte der Mann am Rednerpult gerade, während die fünf Nachzügler sich verschämt Plätze in den hinteren Reihen suchten. Unter einem großen Baum waren Klappstühle und ein Rednerpult aufgebaut.
»Guckt mal«, sagte Peter und zeigte auf das Schild am Baumstamm: BLUTBUCHE (FAGUS SYLVATICA PURPUREA). »Das klingt doch fast wie einer unserer frühen Fälle: ›Die drei ??? und die Blutbuche‹ ...« Justus schmunzelte und wandte seinen Blick wieder dem Redner zu, einem wohlfrisierten Herrn Ende fünfzig, der einen edlen Zweireiher trug, aber trotz der Mittagshitze nicht zu schwitzen schien.
»Wie Ihnen bekannt sein dürfte, sah sich der Zoo von Rocky Beach vor einigen Monaten gezwungen, für immer seine Tore zu schließen«, fuhr der Mann fort. Trauriges Kopfnicken im Publikum. »Als Direktor des Botanischen Gartens ist es mir gelungen, einer Reihe von Tieren ein neues Obdach in unserem Gewächshaus zu bieten und ihnen so den Abschied aus unserer schönen Heimatstadt zu ersparen.«
Eine alte Dame mit einem großen Blumenhut klatschte begeistert und die meisten Zuhörer schlossen sich an. »Unsere schöne Heimatstadt«, imitierte Bob ihn.
»Wir mussten für einige neue Gehege einrichten«, fuhr der

Direktor fort und Justus fiel auf, dass er dabei nicht mehr so salbungsvoll lächelte, »aber nun lässt sich mit Fug und Recht sagen, dass sich Flora und Fauna trefflichst ergänzen.«
Peter stieß Justus an. »Der klingt fast so wie du«, flüsterte er.
»Ich freue mich sehr, dass Sie das verantwortungsvolle Patenamt angenommen haben und sich heute so zahlreich hier versammelt haben, um die von Ihnen adoptierten Tiere kennenzulernen. Aber ich will an diesem wunderschönen Herbsttag gar keine großen Worte machen« – Peter hatte die Hände erhoben, als ob er Beifall klatschen wollte, aber ein warnendes Grummeln von Tante Mathilda ließ ihn die Arme wieder senken –, »sondern Sie einfach einladen, uns bei unserem kleinen Rundgang zu begleiten. Wenn ich also bitten darf … Jim Hoglund wird heute Ihr Cicerone sein und Ihnen alles erklären.«
Unter allgemeinem Beifall betrat ein drahtiger Mann die Bühne, der deutlich handfester wirkte als der Direktor. Er trug eine beige Hose und ein dazu passendes kurzärmliges Uniformhemd. Nachdem der Direktor sich noch dreimal verbeugt hatte und der Applaus verebbt war, ging Mr Hoglund mit großen Schritten Richtung Gewächshaus. Die etwa dreißig Zuhörer standen auf und folgten ihm.
»Ein Glück, dass der die Führung macht und nicht dieser ölige Typ im Anzug«, meinte Peter. Justus und Bob nickten.

Nicht den Anschluss an die Gruppe verpassen! Lies schnell weiter auf Seite 21.

Du bist von Seite 15 hierhergelangt.

Erleichtert hörten Justus, Peter und Mr Zychal, wie Bob und Jay Zychal türenschlagend aus dem Haus liefen. »Ich glaube, wir haben ein paar Minuten Zeit gewonnen«, wandte sich der Erste Detektiv an den alten Herrn.

»Justus, du hast mich vorhin gefragt, warum ich nicht einfach ausziehe. Du bist ein kluger junger Mann, aber eine Sache verstehst du nicht. Vielleicht bist du dafür noch zu jung: Jay wird trotz allem immer mein Sohn bleiben. Ich bin schließlich sein Vater.«

Peter sah Mr Zychal verständnislos an. Justus musste an seine Eltern denken, die bei einem Unfall ums Leben gekommen waren. Er schluckte.

»Weißt du, wir hatten so schöne Zeiten miteinander«, fuhr der alte Mann fort und lächelte. »Jay war so ein fröhliches Kind, als er klein war. Ich durfte nie aus dem Haus gehen, ohne dass er mir einen dicken Kuss gegeben hat. In der Pubertät wurde es dann schwieriger, klar, aber die meisten Familien bekommen das irgendwie hin. Wir nicht. Und ich glaube, das liegt an mir. Ich hätte immer wieder von Neuem auf ihn zugehen müssen.«

Mr Zychal sprach schneller. Er schien erleichtert, sich alles von der Seele zu reden. »Und wenn ich hier ausziehen würde, wäre ich ganz allein. Ich habe doch sonst niemanden! Und manchmal frage ich mich auch, ob nicht mein Misstrauen, dass Jay nur an mein Geld wollte, in den letzten Jahren unsere Beziehung endgültig vergiftet hat.«

Die beiden Jungen schwiegen betreten. Schließlich ergriff Peter das Wort: »Wie geht es denn jetzt weiter? Wie sollen wir die Tat beweisen? Wenn wir dabei bleiben, dass Ihr Sohn einen Schlangendieb angeheuert hat, warum ist der dann trotz Phantombild nicht wieder aufgetaucht?«

»Wenn er ein bisschen clever ist«, sagte Justus, »hat Ihr Sohn jemanden beauftragt, den man auch nicht finden wird. Zum Beispiel jemanden, der aus Mexiko kurz über die Grenze kommt und dann wieder in sein Heimatland verschwindet. Und den Ihr Sohn derart schlecht bezahlt, dass der Räuber die Schlange auch noch verkauft, statt sie wie befohlen verschwinden zu lassen – und so unfreiwillig verrät, dass es sich nur um eine Inszenierung handelt.«

»Das klingt logisch«, sagte Mr Zychal. »Aber wer könnte dieser geheimnisvolle Täter sein? Vielleicht ein Verwandter meiner Pflegerin? Doña Ligia, kommen Sie doch bitte mal her!«

Behutsam, in einem abenteuerlichen Gemisch aus Englisch und Spanisch, befragte er seine Pflegerin. Und in der Tat, auf Geheiß des Sohnes hatte Ligia heimlich ihren jüngsten Bruder nach Rocky Beach kommen lassen.

»Sí, llegó hace unos diez días. Aber ich habe nicht wissen, warum. Und er soll Böses tun gegen Sie, Mr Zychal? No lo sabía, de verdad. ¡Ay, Díos mío!« Sie war den Tränen nahe.

»Haben Sie ein Foto von Ihrem Bruder?«, fragte Justus beruhigend. Ligia nickte. Ein paar Minuten später stand sie wieder im Zimmer, ein Familienfoto in der Hand.

»Das ist er!«, rief Peter. »Das ist der Schlangenräuber!«

In diesem Moment hörten sie, wie unten die Haustür aufging. Kurz darauf drängten Bob, Jay Zychal und Inspektor Cotta ins Zimmer von Mr Zychal senior.

Weiter auf Seite 125.

Du bist von Seite 12 hierhergelangt.

Bob fuhr zum ersten Laden auf seiner Liste: einem Zoogeschäft, das neben einer Boutique mit »Mode für starke Frauen« in einer kleinen Ladenzeile lag. In den Käfigen tummelten sich vor allem Nagetiere wie Hamster, Meerschweinchen und Kaninchen, aber es gab auch einige Terrarien mit Salamandern und Schlangen. Der Besitzer telefonierte, also hatte der dritte Detektiv Zeit, sich ausführlich umzusehen. Schließlich beendete der Mann das Gespräch und kam auf seinen Kunden zu: »Was kann ich für dich tun?«

Bob musste unwillkürlich an den Satz denken, dass Menschen im Alter ihren Hunden immer ähnlicher werden. Der Ladenbesitzer ging bereits auf die sechzig zu. Mit seiner spitzen Mundpartie, den vorstehenden Schneidezähnen und den langen Ohren schien er sich aber eher an den Kaninchen zu orientieren, die er verkaufte.

»Ich wollte fragen, ob Sie auch Anakondas haben, Sir.«

»Anakondas? Nein, so exotische Schlangen führen wir nicht.« Er kratzte sich am Kinn. »Aber warte, habe ich dein Bild nicht schon mal in der Zeitung gesehen? Bist du nicht einer von diesen jugendlichen Detektiven? Ermittelst du etwa im Fall dieser geraubten Schlange? Da musst du aber früher aufstehen, Junge. Die Polizei war schon lange vor dir da. Vielleicht klebst du dir das nächste Mal einen falschen Schnurrbart an.« Er lachte über seinen eigenen Witz.

Der Preis des Ruhms, dachte Bob. In den nächsten beiden Läden erging es ihm nicht viel besser. Enttäuscht fuhr er in die Zentrale zurück.

Weiter auf Seite 90.

Du bist von Seite 131 hierhergelangt.

Zehn Minuten später fuhr ein Streifenwagen vor. Justus hatte vor dem Haus auf die Polizisten gewartet.

»Gut, dass Sie kommen«, rief er. »Die Kollegen sind unterwegs?«

»Welche Kollegen? Ich weiß von nichts«, sagte der größere der beiden Beamten unwirsch. Sein Namensschild wies ihn als Officer Gutierrez aus.

»Aber ich hatte doch einen Großeinsatz bestellt!«

»Soso. Wir schauen uns das erst mal an. Wo ist denn die Zielperson?«

Justus führte die Polizisten zur Aufzuchtstation. »Das ist der Mann, der uns bedroht hat.«

»Okay, tretet mal zur Seite, wir öffnen jetzt die Tür. Wie geht die auf?« Die beiden Polizisten zogen ihre Pistolen.

Mr Snake wummerte aufgeregt gegen die Tür.

»Gentlemen, ich weiß nicht, ob das empfehlenswert ist«, warf Justus ein.

»Wie bitte?«

»In diesem Raum ist ein Gebänderter Krait ausgebrochen – eine gefährliche Giftschlange. Sie hat diesen Mann gebissen. Sie ist zwar nicht mehr zu sehen, aber es kann sein, dass sie immer noch irgendwo lauert.«

»Haben Sie die Schlange inzwischen eingesperrt?«, fragte Officer Gutierrez laut durch die Tür.

»Ja, Sir, sie ist dahinten im Terrarium«, antwortete Mr Snake gefasst und zeigte auf die Rückwand des Raumes.

»Seht ihr? So, genug geredet.« Officer Gutierrez trat auf die Schleusentür zu.

»Sir, das wird dieser Herr schon deshalb sagen, weil er dringend das Gegengift möchte und möglichst schnell aus der Aufzuchtstation rauswill«, gab Justus zu bedenken.

Officer Gutierrez schien zu begreifen, dass er bei diesem Einsatz nicht einfach so vorgehen konnte, wie er es auf der Polizeischule gelernt hatte. Er ging zum Streifenwagen, um über Funk mit der Zentrale Rücksprache zu halten.

Wenige Minuten später hielten ein Krankenwagen und ein Einsatzfahrzeug der Feuerwehr vor dem Haus. Die Feuerwehrleute zogen sich schwere Schutzanzüge an, ließen sich von Mr Snake den Code nennen, öffneten die Schleuse und holten blitzschnell den Tierhändler aus der Aufzuchtstation. Dabei bemerkten sie, dass er in der Tat gelogen hatte: Die gelb-schwarz geringelte Schlange kroch noch immer zwischen den Terrarien umher.

Während die beiden Polizisten Mr Snake Handschellen anlegten und mit ihm ins Haus eilten, damit der Arzt ihm das Gegengift spritzen konnte, beriet sich der Einsatzleiter der Feuerwehr mit seinen Männern. »Ich kann nicht länger darauf warten, dass hier endlich der Reptilienfänger vom Zoo auftaucht«, sagte er. »Wir müssen eingreifen. Eine Giftschlange, die einfach so herumkriecht – das geht nicht.«

»Aber Sir, die Tür ist verschlossen. Da kann doch jetzt nicht mehr viel passieren«, wandte Justus ein.

»Wir sind zu einem Einsatz gegen eine entflohene Giftschlange gerufen worden – da werden wir jetzt nicht einfach die Hände in den Schoß legen.«

»Peter, guck mal das Wort ›Aktionismus‹ in deinem Buch nach«, sagte Justus leise zum Zweiten Detektiv.

Der Feuerwehrhauptmann ließ am Sicherungskasten die Heizung in der Aufzuchtstation abschalten und gab Anweisung, mit einem Trennschleifer ein Loch in die Schleusentür zu schneiden. Die Feuerwehrmänner führten einen Schlauch hindurch und begannen, die Aufzuchtstation mit flüssigem Kohlendioxid zu fluten.

»Das funktioniert wie ein riesiger Feuerlöscher«, erklärte ihr Chef. »Der Kohlensäureschnee, der sich jetzt dadrin bildet, senkt die Temperatur ganz deutlich. Irgendwann fällt die Schlange in Kältestarre. Problem gelöst! In der Zeitschrift *FireRescue* habe ich gelesen, dass die Feuerwehr in Frankreich das mal genauso gemacht hat.« Er war offenbar sehr stolz auf seine Idee.

Sie hörten, wie sich ein Auto mit klopfendem Motor näherte und vor dem Haus zum Stehen kam. Kurz darauf schlenderte ein junger Mann in den Hof: bunt gebatiktes T-Shirt, kurze Hose, Flip-Flops, ungebändigter Vollbart.

»Tach zusammen. Dakota Rudesill heiß ich. Der L. A. Zoo schickt mich, ich soll hier eine Schlange einfangen.«

»Sie? Ah ja.« Der Feuerwehrchef ließ missbilligend seine Blicke über Mr Rudesill wandern. »Das wird nicht mehr nötig sein. Ich habe hier alles Nötige veranlasst.«

Dann kann der Schlangenfänger in seinen Flip-Flops ja wieder davonschlurfen. Weiter auf Seite 84.

Oder doch nicht? Weiter auf Seite 129.

Du bist von Seite 21 hierhergelangt.

Eine Schlange? Die Erstarrung löste sich. Die etwa dreißig Besucher wollten nur noch eins: raus! Alle versuchten gleichzeitig, auf dem schmalen Steg kehrtzumachen.

Jeder wollte der Erste sein, alle stießen und schubsten. Mehrere Leute, die am Rand standen, landeten sofort im sumpfigen Unterholz, andere versuchten verzweifelt, das Gleichgewicht zu halten, klammerten sich an die Umstehenden und rissen sie mit sich.

Onkel Titus kippte vornüber. Tante Mathilda konnte ihn gerade noch auffangen, dann wurde er ohnmächtig.

Eine ältere Dame im Festtagskleid fiel genau in das Becken vor dem Wasserfall. Sie war groß und das Becken klein, also spritzte das Wasser meterweit. Die Frau schrie um Hilfe, als sei sie auf hoher See über Bord gegangen, aber als ein Mann sie unter den Achseln packte und herausziehen wollte, schlug sie mit aller Kraft um sich.

Im letzten Moment gelang es Justus, einen grauhaarigen Herrn festzuhalten, dessen Rollstuhl umzukippen drohte. Die flüchtenden Menschen drängten sein Gefährt achtlos beiseite und der Mann, der den alten Herrn geschoben hatte, konnte selbst kaum das Gleichgewicht halten.

Ein Kleinkind, das nicht angeschnallt gewesen war, flog aus seinem Buggy, landete aber weich in einem Riesenfarn. Das Baby lachte und schien alles für ein großes Spiel zu halten, aber die Erwachsenen fluchten und schimpften, weinten und schrien.

Trotz der allgemeinen Verwirrung hatte Peter gesehen, wie der Dieb mit der Schlange in den Armen durch den Hinterausgang entwischt war. Der Zweite Detektiv machte Bob ein

Zeichen: Gemeinsam wollten sie dem Räuber nachsetzen. Aber sie kamen einfach nicht gegen die Menschen an, die ihnen entgegenstürzten.
Die Lautstärke im Gewächshaus war ohrenbetäubend. Tante Mathilda fing sich als Erste. Mit einem schrillen Pfiff verschaffte sie sich Aufmerksamkeit und riss die Leute aus ihrer Panik: »Ruhe, immer mit der Ruhe! Der Räuber ist mit der Schlange geflüchtet. Sie sind im Moment hier völlig sicher. Bitte kommen Sie nacheinander vom Steg herunter. Sie da im blauen Hemd, stehen Sie doch bitte auf. Und Sie unter der Palme, können Sie nach dahinten zur Bank gehen?«
Langsam beruhigten sich die Menschen. Einer nach dem anderen verließen die Besucher den Betonsteg und sammelten sich im Eingangsbereich. Die Tierpaten, die in den Schlamm gefallen waren und nun nass und dreckig dastanden, wirkten erleichtert, wieder festen Boden unter den Füßen zu haben. Justus schaute seine Tante bewundernd an. Er wusste, dass sie sehr resolut sein konnte, aber auch sie pfiff nicht alle Tage auf den Fingern. Wie sie die Situation gerettet hatte – das war schon beeindruckend gewesen.

Bei Justus im Gewächshaus bleiben? Seite 35.
Mit Peter und Bob die Verfolgung aufnehmen? Seite 24.

Du bist von Seite 70 oder 10 hierhergelangt.

»Und wo ist der ›übliche Treffpunkt‹?«, fragte Justus.

»Das ist eine Stelle am Flutkanal des L. A. River«, erklärte Joel. »Ziemlich raue Gegend, direkt südlich vom Rangierbahnhof, irgendwo im Niemandsland. Man kommt schlecht hin, weil das praktisch überall eingezäunt ist. Den Kanal entlang ist alles zubetoniert. Wenn es nicht gerade irgendwo in den Bergen ein schweres Gewitter gegeben hat, ist der Fluss nur ein Rinnsal. Das Ganze sieht fast aus wie eine Autobahn. Vielleicht kennt ihr das aus Filmen. Die berühmte Szene aus *Terminator 2*, wo der Typ auf seinem Motorrad langbrettert? Die ist da gedreht worden.«

»Mr Snake scheint ja Sinn für dramatische Effekte zu haben«, sagte Justus. »Und wie läuft das da genau?«

»Ich muss immer ein ganzes Stück entfernt parken und dann zu Fuß weiter. Irgendwann kommt Mr Snake mit dem Auto vorgefahren und braust nach der Übergabe gleich davon.«

»Wie sieht er denn aus?«

»Keine Ahnung. Der trägt immer eine Maske. Knapp eins achtzig groß, schlank – mehr kann ich nicht sagen.«

»Und sein Auto? Wie lautet denn das Kennzeichen?«

»Er fährt einen dunkelblauen Subaru Outback. Aber die Schilder sind immer so kunstvoll schlammverschmiert, dass man nichts erkennen kann.«

»Verstehe. Aber diesmal werden ja wir vor Ort sein und die Verfolgung aufnehmen.«

Sie verabredeten sich für den nächsten Tag.

Peter und Bob kamen beide mit ihren Autos, um Justus auf dem Schrottplatz abzuholen. Funkgeräte und Ferngläser luden sie in den VW Käfer des dritten Detektivs. Bevor er zu Bob ins Auto stieg, holte Justus noch die *Rocky Beach Today*: »Habt ihr gesehen? Die haben tatsächlich eine rührselige Geschichte über den besorgten Tierpfleger auf der Titelseite gebracht. Das hat super geklappt.«

»Hast du Inspektor Cotta eigentlich von deinem Plan erzählt, Justus?«, fragte Bob.

»Wir sollten uns doch ausdrücklich raushalten«, entgegnete der Erste Detektiv.

»Seit wann bist du denn so folgsam?«

»Der Inspektor liest doch auch die Zeitung«, erklärte Justus. »Mir war klar: Vor jedem Zoogeschäft in einem Radius von fünfzig Kilometern rund um Rocky Beach wird heute früh ein Polizist stehen, der mit dem Besitzer gleich bei Ladenöffnung über zukünftige Meerschweinchen-Verkäufe reden möchte. Cotta muss ja nicht wissen, dass er für uns arbeitet.« Justus lachte und wurde dann schlagartig ernst. »Vielleicht brauchen wir ja auch keine Meerschweinchen-Fahndung, weil wir heute Abend schon klüger sind.«

»Meinst du denn, dass Joel tatsächlich auftaucht, Justus?«, fragte Peter.

»Der hat Dreck am Stecken. Der kommt«, war Justus überzeugt.

Du bist von Seite 70 hierhergelangt: Weiter auf Seite 138.

Du bist von Seite 10 hierhergelangt: Weiter auf Seite 121.

Du bist von Seite 77 oder 129 hierhergelangt.

Am nächsten Tag saßen Joel und die drei Detektive in der Zentrale bei einem großen Kirschkuchen zusammen, den Tante Mathilda gestiftet hatte. Als sich bei allen ein wohliges Sättigungsgefühl ausgebreitet hatte, ergriff Justus das Wort: »Joel, ich wollte dir noch mal in unser aller Namen Danke sagen. Mit deinem tollkühnen Einsatz in der Aufzuchtstation hast du uns wahrscheinlich das Leben gerettet.« Peter und Bob nickten.

»Danke für die Blumen«, sagte Joel. »Aber *so* mutig war das auch wieder nicht. Das Gift hätte mir wahrscheinlich nicht allzu sehr geschadet. Ich habe ja auch einen Gebänderten Krait zu Hause. Mit ihm habe ich mein eigenes kleines Forschungsprojekt gestartet: Ich habe das Gift gemolken, mir erst eine ganz kleine Menge injiziert und dann die Dosis immer weiter gesteigert. In der Fachliteratur steht, dass man auf diese Weise allmählich gegen das Gift immun wird. Deswegen musste ich vor dem Krait nicht wirklich Angst haben. Und er hat mich ja noch nicht mal gebissen.«

»Dich nicht!«, lachte Peter.

Bob schüttelte kaum merklich den Kopf. Aber wer sagt seinem Lebensretter schon, dass er völlig verrückt ist?

»Äh, und noch was, Joel«, sagte Justus zögernd. »Ich wollte mich bei dir noch mal dafür entschuldigen, dass ich so wenig Vertrauen in dich hatte.«

»Schwamm drüber. Ich bin ja froh, dass ich mich für mein Hobby nicht mehr schämen muss. Ohne euren Besuch müsste ich heute noch Angst haben, dass mir irgendwann jemand auf die Schliche kommt.«

»Leute, sollen wir jetzt nicht mal bei diesem Maviglio vorbei-

fahren und nach der Anakonda fragen?«, unterbrach Peter das Gespräch.
Nachdem Joel sich verabschiedet hatte, fuhren die drei ??? in Bobs Käfer nach Venice.
Das Geschäft war winzig, aber Käfige und Tiere machten einen gepflegten Eindruck. Der Inhaber, ein kleiner Herr mit einem riesigen Schnurrbart, kam beflissen auf sie zu.
»Guten Tag. Wir sind Detektive und ermitteln im Fall der Anakonda, die aus dem Botanischen Garten von Rocky Beach geraubt wurde«, sagte der Erste Detektiv und reichte dem verdatterten Mr Maviglio ihre Karte. »Im Fall der *weißen* Anakonda, genauer gesagt. In diesem Zusammenhang wurde uns Ihr Name genannt. Ich würde vorschlagen, Sie packen uns die Schlange gut ein und dann gehen wir.«
»Was soll das? Ich habe keine –«, empörte sich der Händler.
»Sie haben doch bestimmt heute in der Zeitung die Geschichte über den Reptilien-Dealer gelesen, dessen Menagerie die Polizei beschlagnahmt hat?«
»Äh, ja, aber –«
»Wir haben Ihren Namen von ihm. Also bitte.«
Mr Maviglio wurde bleich. Er öffnete den Mund, zögerte, gab sich dann einen Ruck und begann, leise zu erzählen: Er hatte die weiße Anakonda kurz nach dem Überfall für einen Spottpreis einem Mann abgekauft und sich zunächst nichts dabei gedacht. Als er dann aber den Artikel mit dem Phantombild in der Zeitung gesehen hatte, hatte er Angst bekommen – schließlich hatte er Diebesgut erworben.
»Wir nehmen mal an, dass Sie in gutem Glauben gehandelt haben«, sagte Justus. »Deswegen werden wir auch darauf ver-

zichten, Sie wegen Hehlerei anzuzeigen. Wenn Sie jetzt so gut wären, die Schlange für den Transport herzurichten?«

Mr Maviglio schien noch ein Stück kleiner zu werden, nickte und schlurfte in ein Hinterzimmer. »Wow, das lief ja mal wirklich wie am Schnürchen!«, freute sich Peter.

Der Händler kam zurück und übergab ihnen wortlos ein gut verpacktes Terrarium.

Tante Mathilda staunte, als sie die Haustür öffnete: »Justus, warum klingelst du denn? Du weißt doch, dass tagsüber die Tür nie –« Bob zog die Decke vom Terrarium. »Meine Schlange ist wieder da! Deswegen dieser feierliche Auftritt … Wie habt ihr denn das gemacht? Kommt rein und erzählt mir alles genau, ja? Titus, die Anakonda ist wieder da!«

Onkel Titus kam zur Tür und wurde kreidebleich. »Vielleicht bringt ihr meine Anakonda besser gleich zum Botanischen Garten«, lachte Tante Mathilda. »Die braucht ja jetzt erst mal ein Meerschweinchen!«

Mr Grunstatter war sehr erleichtert, als die drei ??? ihm das Terrarium mit dem kostbaren Tier auf den Schreibtisch stellten. »Wie habt ihr das nur hinbekommen?«, fragte er. »Vielen Dank! Ich kümmere mich um eure Belohnung. Und wartet, ich rufe gleich Mr Clark.«

Der Tierpfleger strahlte. Aber als er Anstalten machte, sich vor lauter Begeisterung die Schlange zärtlich um den Hals zu legen, verabschiedeten sich Justus, Peter und Bob eilig.

Endlich ist der Fall gelöst! Noch die übliche Zusammenfassung fürs Archiv auf Seite 123 und dann bist du als Leser oder Leserin in Ehren entlassen. Oder?

»Justus! Ich mach gleich das Funkgerät aus, wenn du dich nicht raushältst! Als ich ihn zuletzt gesehen habe, ist er gerade auf die linke Spur gewechselt. Der wollte bestimmt abbiegen. Ich bin jetzt links, in die Bleakwood Avenue rein.« Justus und Joel hörten, wie Bob beschleunigte.

»Da vorn! Der Subaru! Ich hab ihn wieder!«, jubelte Bob.

»Vorsichtig jetzt!«, mahnte Justus.

Statt einer Antwort hörte er nur ein Knacken. Der dritte Detektiv hatte entnervt das Funkgerät ausgeschaltet.

Aber kurz darauf meldete er sich wieder. »Mr Snake ist zu Hause angekommen. Schreibt euch mal die Adresse auf: Sunnyridge Drive Nummer 102. Am besten treffen wir uns aber an der Tankstelle. Die an der zweiten großen Querstraße, wenn ihr auch so fahrt wie wir. Da fallen wir nicht auf und können in Ruhe alles besprechen.«

Zehn Minuten später waren die vier Jungen vollständig versammelt.

»Am besten teilen wir uns auf«, schlug Justus vor. »Peter und ich versuchen, Mr Snake aus der Reserve zu locken, und Bob sieht sich derweil rund ums Haus schon mal ein wenig um.«

»Und ich?«, fragte Joel.

»Ich hätte ihn gern an meiner Seite«, sagte Bob schnell, bevor Justus antworten konnte.

Na, dann sind ja alle Aufgaben verteilt. Weiter auf Seite 40.

Du bist von Seite 136 hierhergelangt.

Du bist von Seite 15 hierhergelangt.

Bob hetzte weiter Richtung Innenstadt. Jay Zychal kam unerbittlich näher. Der ist ja fast so eine Sportskanone wie unser Peter, dachte der dritte Detektiv. Dem renne ich nicht so einfach davon – da hilft nur ein Trick!
Er lief auf eine Mülltonne zu, die auf dem Gehweg stand, und stieß sie um. Ihr Inhalt ergoss sich scheppernd auf den Bürgersteig. Aber Mr Zychal sprang einfach darüber.
»Haltet den Dieb!«, rief er. »Haltet den Dieb!« Viele Menschen waren um diese Zeit nicht unterwegs, aber ein Mann drehte sich um und wollte sich Mr Zychal anschließen. Dabei hatte er offenbar dessen Geschwindigkeit falsch eingeschätzt, denn die beiden stießen zusammen und gingen zu Boden.
Mr Zychal war als Erster wieder auf den Beinen. Der Passant fluchte und verschwand kopfschüttelnd in einem Haus. Die Zahl der Verfolger hatte sich wieder halbiert, der Abstand zwischen Bob und Mr Zychal um gute zwanzig Meter vergrößert.
Aber dem dritten Detektiv blieb keine Zeit zum Durchatmen. Er hatte Seitenstechen. Ewig würde er diese wilde Jagd nicht mehr durchhalten.
Vor ihm teilte sich die Straße: Geradeaus ging es in den Palisades Park, zu seiner Linken lag eine Ladenzeile mit mehreren Geschäften.

Wohin soll Bob laufen?

In den Park? Dann Seite 98.

Richtung Läden? Dann Seite 9.

Die Minuten verstrichen quälend langsam. Es wurde dämmrig. Endlich, um kurz vor sechs, tauchte Joel auf.
Er musste in der Nähe der Brücke geparkt haben, denn er kraxelte direkt unter dem Ersten Detektiv die Böschung hinunter und ging dann noch ein Stück in nördliche Richtung. Einige Minuten später kam ein blauer Subaru von Süden angefahren und hielt direkt bei Joel. Ein Mann stieg aus. Er trug eine Schlangenmaske, die einen riesigen Kobrakopf darstellte. In der Hand hielt er einen kleinen Karton. Joel gab ihm einige Geldscheine. Der Schlangen-Mann überreichte Joel die Schachtel, sprang ins Auto und raste davon. Die ganze Aktion hatte weniger als eine Minute gedauert.
Justus griff zum Funkgerät: »Bob, halt dich bereit. Mr Snake kommt bei dir vorbei. Blauer Subaru. Und Peter, kannst du mich abholen? Fourth Street Ecke South Anderson. Danke!«
Der Erste Detektiv lief die Brückenrampe hinunter zum verabredeten Treffpunkt. Dort traf er auf Joel, der gerade sein Auto aufschließen wollte.
»Hallo, Justus«, sagte Joel.
»Hallo«, sagte Justus knapp, gab sich aber dann einen Ruck. »Du … du hast uns sehr geholfen heute. Danke.«
»Kann ich mitkommen?«, fragte Joel. »Ich wüsste gern, wie's weitergeht. Steig ein, ich nehm dich mit.«
»Okaaaay«, sagte Justus gedehnt, informierte dann aber Peter, dass er ihn nicht abholen müsse.
In diesem Moment meldete sich Bob: »Er ist gerade an mir vorbeigebraust. Ich bin dran.«

Ah, die Verfolgungsjagd beginnt! Weiter auf Seite 136.

Du bist von Seite 137 hierhergelangt.

Du bist von Seite 12, 64 oder 76 hierhergelangt.

Peter und Bob kamen fast gleichzeitig in der Zentrale an. »Kollege, was ist dir denn für eine Laus über die Leber gelaufen?«, wollte Justus vom immer noch sehr verstört wirkenden Zweiten Detektiv wissen.
»Eher eine Schlange über die Schulter als eine Laus über die Leber«, murmelte Peter, winkte aber nur müde ab, als die beiden anderen ihn drängten, seine rätselhafte Bemerkung zu erklären.
Bob berichtete, dass er nur auf Ladenbesitzer gestoßen sei, von denen nicht anzunehmen war, dass sie irgendetwas mit dem Raub zu tun hätten oder bei der Suche helfen könnten.
»Bei mir dieselbe Geschichte«, sagte Peter matt.
»Kollegen, ich erinnere euch nur ungern daran, dass ich von Anfang an zu einem bedächtigen Vorgehen gemahnt habe«, sagte Justus triumphierend.
»So ›ungern‹ klingt das aber nicht«, warf Bob ein.
»Wenn ihr euer Handeln aus der Distanz kritisch hinterfragt, werdet ihr zugeben müssen, dass ihr wenig professionell agiert habt und –«
»Justus, lass gut sein. Wir wissen doch alle, dass du recht hast«, unterbrach Peter den Ersten Detektiv. »Erzähl uns lieber, was du in der Zwischenzeit rausgefunden hast. Sonst würdest du doch nicht so zufrieden grinsen.«
Justus musste lachen. »Während Bob, bei uns zuständig für Recherchen, seine kleine Fahrt ins Blaue unternommen hat, habe ich ein wenig recherchiert. Eine Sache ist mir nicht aus dem Kopf gegangen. Auch wenn in der Zeitung und im Fernsehen die Rede von einer *Gelben* Anakonda war – und die Art heißt ja auch so: Ich bin mir sicher, dass Mr Hoglund von

einer *weißen* Anakonda gesprochen hat. Und hat die Schlange aus der Ferne nicht ungewöhnlich hell gewirkt?«

Peter nickte. »Das ist mir auch aufgefallen. Nach so einer Schlange habe ich gefragt, als ich bei Roger's Reptiles –«

Justus bemerkte nicht, dass Peter den Satz nicht zu Ende gebracht hatte, so begeistert war der Erste Detektiv von seiner Schlussfolgerung: »Bei der weißen Anakonda aus dem Botanischen Garten muss es sich um eine Albino-Schlange handeln, also um ein Tier, dem aufgrund eines Gendefekts praktisch alle Farbpigmente in der Haut fehlen. Anders als beispielsweise Albino-Kaninchen ist eine Albino-Anakonda extrem selten. Der Wert eines lebenden Exemplars liegt bei etwa – haltet euch fest, Kollegen – hunderttausend Dollar.«

Bob pfiff bewundernd durch die Zähne. Peter zuckte unwillkürlich zusammen.

»Also«, fuhr Justus fort, »entweder hat ein reicher Sammler die weiße Anakonda gezielt für seinen geheimen Privatzoo gestohlen beziehungsweise stehlen lassen – dann wird sie so bald nicht wieder ans Tageslicht kommen. Oder jemand hat sie ohne festen Abnehmer geraubt und will sie jetzt unter der Hand weiterverkaufen. Nur in diesem Fall hätten wir überhaupt eine Chance.«

»Aber wie bekommen wir Zugang zum Schwarzmarkt für seltene Reptilien?«, fragte Bob.

»Das ist genau die Frage«, stimmte Justus zu. »Was meint ihr: Haben die Geschäfte, die ihr besucht habt, irgendwelche dunklen Hinterzimmer?«

Jetzt musste Peter doch genauer von seinen Erlebnissen bei Roger's Reptiles erzählen. »Ich meine, der Typ war schon speziell. Irgendwas stimmt da nicht«, schloss der Zweite Detektiv seinen Bericht.

»Vielleicht ist er doch nicht so rechtschaffen, wie er dir gegenüber getan hat?«, fragte Bob, setzte sich gleich an den Computer und begann zu recherchieren.

»Dein Grusel-Verkäufer hat einen guten Ruf«, meldete er schließlich. »Er ist offenbar ein überzeugter Züchter, der viel Anerkennung für seine Arbeit bekommt. Er hat sogar schon als Lockvogel für die Polizei gearbeitet, um Schmuggler überführen zu helfen, die gegen das Artenschutzabkommen verstoßen haben.«

»Also durchaus möglich, dass er bei dem Raub der Anakonda mit drinhängt – aber sehr unwahrscheinlich«, fasste Justus zusammen.

»Warum sprechen wir denn nicht mal mit dem Direktor des Botanischen Gartens?«, schlug Bob vor. »Er hat die Schlange doch vom Zoo übernommen, als der geschlossen wurde. Vielleicht gibt es da eine Vorgeschichte, die uns weiterhilft.«

»Und warum hat Mr Grunstatter der Presse – und wohl auch der Polizei – nicht gesagt, dass es sich um eine so seltene und so kostbare Schlange handelt?«, überlegte Justus. »Das ist ja die Frage, die ich mir als Allererstes gestellt habe, als ich gelesen habe, wie teuer unsere Anakonda ist. Kommt, wir fahren hin, bevor er Feierabend macht«, entschied der Erste Detektiv.

Weiter auf Seite 22.

Der diensthabende Beamte wollte Bobs Daten aufnehmen, aber der verlangte nach Inspektor Cotta.

»Du wirst hier wegen Einbruchs und Erregung öffentlichen Ärgernisses aufs Revier gebracht, weigerst dich, mir deinen Führerschein zu zeigen, und willst stattdessen Inspektor Cotta sprechen? Deine Nerven möchte ich haben!«

»Ich kann Ihr Erstaunen verstehen, Sir«, sagte Bob höflich. »Das Chaos tut mir leid. Aber das mit dem Diebstahl ist ein großes Missverständnis. Werfen Sie doch bitte mal einen Blick hierauf.« Er hielt dem Polizisten eine Karte hin.

»Der Inhaber dieses Ausweises ist ehrenamtlicher Juniorassistent und Mitarbeiter der Polizeidirektion von Rocky Beach. Die Behörde befürwortet jegliche Unterstützung von dritter Seite«, las der Beamte vor. »*Gezeichnet: Kommissar Reynolds*. Mhm. Also gut, ich rufe Inspektor Cotta an.«

Fünf Minuten später stand Cotta in der Wachstube. »Was hast du diesmal wieder angestellt?«, blaffte er.

»Dürfte ich Sie kurz unter vier Augen sprechen?«, fragte Bob. Cotta nahm den dritten Detektiv beiseite, der flüsternd auf ihn einredete. Der Inspektor nickte, schüttelte den Kopf, nickte wieder.

»Mr Zychal, wir drei fahren jetzt zu Ihnen nach Hause«, sagte Cotta schließlich.

»Aber –«

»Glauben Sie mir, so regeln wir das hier am schnellsten.«

Wenige Minuten später standen der Inspektor, Bob und Jay Zychal im Zimmer von Mr Zychal senior.

Weiter auf Seite 125.

Du bist von Seite 9 oder 98 hierhergelangt.

Du bist von Seite 63 hierhergelangt.

Beide atmeten schwer. Der Mann wollte sich bewegen, da verschärfte Bob den Griff. Der Mann stöhnte leise. »Hijo mío«, murmelte er.

Bob drehte sich um. Die Schlange lag immer noch dort, wo sie auf den Boden gefallen war, und bewegte sich nicht. Bob atmete auf.

Dann hörte er Schritte von rechts. Peter! Endlich.

»Tut mir leid, Bob, du hattest recht. Das hätten wir wirklich einfacher haben können.«

»Alles verziehen, wenn du hier den Schlangenräuber übernimmst. Ich laufe zurück und hole Hilfe.«

»Aber wo ist die Schlange?«

»Der Dieb hat sie nach mir geworfen. Sie liegt da vorn im Gras und rührt sich nicht. Ich nehme an, dass sie betäubt ist.«

»Wollen wir's hoffen. Ah, hör mal, ich glaube, da kommen Polizei und Krankenwagen. Die sollen die Schlange einsperren und diesen Herrn hier mitnehmen.«

Weiter auf Seite 28.

»Wie bitte?« Peter und Bob sahen Justus entgeistert an. »Der Fall ist abgeschlossen: Die Schlange ist wieder da!«, erinnerte Peter den Ersten Detektiv.

»Das hat überhaupt nichts zu bedeuten«, sagte Justus kühl und saugte an seinem Malted Milkshake.

»Könntest du diesen Satz deinen Kollegen bitte mal erklären?«, fragte Bob hörbar genervt.

»Ich glaube, dass es im Fall der weißen Anakonda gar nicht um die weiße Anakonda geht«, antwortete Justus und setzte sich aufrecht hin. »Sind euch die ganzen Merkwürdigkeiten denn nicht aufgefallen? Es gibt mehrere Aspekte dieses Falles, die wir bislang geflissentlich ignoriert haben. Hat euch Grunstatters Erklärung überzeugt, warum er nie von einer Albino-Schlange geredet hat? Findet ihr es nicht merkwürdig, dass der Dieb die Schlange in dem Moment gestohlen hat, als das Gewächshaus voller Menschen war? Und findet ihr es nicht seltsam, dass der Dieb offensichtlich keinen Plan hatte, was er nach dem Raub mit der Schlange machen sollte?«

Peter und Bob nickten langsam.

»Wir müssen immer nach dem Motiv fragen: Cui bono? Also: Wem nutzt der Diebstahl? Wir sind ganz selbstverständlich davon ausgegangen, dass der Diebstahl dem Dieb nutzen sollte, aber das muss nicht sein.«

»Du meinst also –«

»– dass der Diebstahl ein großes Ablenkungsmanöver war?«, beendete Bob Peters Satz.

Justus strahlte. »So könnte man das formulieren! Esst euer Eis auf: Zeit für Hypothesenbildung!« Er nahm die Papierunterlage, die auf seinem Plastiktablett lag, drehte sie um und zück-

Du bist von Seite 34 oder 123 hierhergelangt.

te einen Stift. »Okay, ich höre. Und das ist ein Brainstorming – da gibt es keine blöden Theorien, es wird erst mal alles aufgeschrieben.«

Peter hatte gleich die erste Idee: »Das könnte doch jemand angeleiert haben, der einbruchsichere Terrarien herstellt. Das war ein ganz gewöhnlicher Glasschneider, den der Dieb da benutzt hat! Ich kann mir nicht vorstellen, dass der Direktor die Schlange genauso unterbringen wird wie vorher.«

»Super, Peter«, sagte Justus und machte sich Notizen.

»Apropos Direktor«, meldete sich Bob. »Justus hat es ja vorhin schon angesprochen. Ich glaube, Mr Grunstatter hat etwas zu verbergen, und ich wüsste gerne, was.«

Justus' Stift flog nur so über das Papier. Dann meldete sich der Erste Detektiv selbst zu Wort: »Ich fand es erstaunlich, wie schnell das Fernsehen da war. Woher wussten die das? Was, wenn unser Lokalsender die Geschichte selbst organisiert hätte? Bei denen ist doch tagelang nichts anderes gelaufen als der Schlangenraub. Den Einschaltquoten hat das bestimmt gutgetan.«

»Und deswegen sollen sie einen Schlangenräuber losgeschickt haben? Justus, das finde ich aber weit hergeh–«

»Peter, erst mal nur die Hirne stürmen lassen, bewertet wird anschließend, so sind die Regeln!«, wehrte sich Justus.

»Mir fällt noch was ein«, meldete sich Bob beschwichtigend. »In dem Chaos direkt nach dem Raub sind doch eine Menge Leute verletzt worden. Und es war ja abzusehen, dass so ein Diebstahl vor den Augen aller nicht ohne Panik abgeht. Was, wenn der Dieb es genau darauf abgesehen hatte? Vielleicht wollte er einem der Verletzten schaden?«

»Ausgezeichneter Gedanke!«, rief Peter mit einem Grinsen. »Onkel Titus ist doch ohnmächtig geworden. Da hat sich bestimmt jemand rächen wollen, den er mal übers Ohr gehauen hat. Es ist schon beeindruckend, wie günstig er immer auf Einkaufstour für sein Gebrauchtwarencenter geht.«
»Sehr lustig«, sagte Justus genervt. »Und außerdem: Hier wird keine Idee lächerlich gemacht.«
»Ich weiß, so sind die Regeln«, seufzte Peter. »Aber wenn du fertig bist mit Ideen-Sammeln, darf diskutiert werden.« Und das taten die drei schließlich auch, ernsthaft und eingehend. Schließlich entschieden sie, als Erstes die beiden Thesen »Grunstatter-Geheimnis« und »verletzte Besucher« weiterzuverfolgen.
»Und morgen ist Samstag«, erinnerte Justus seine Kollegen. »Dann können wir endlich ganztägig ermitteln!«

Wenn die drei ??? zunächst noch einmal die Person des Direktors unter die Lupe nehmen sollen, lies auf Seite 133 weiter.
Wenn sie untersuchen sollen, wer ein Interesse daran gehabt haben könnte, einem der Teilnehmer der Führung zu schaden, lies auf Seite 128 weiter.

Du bist von Seite 88 hierhergelangt.

Zwischen den Bäumen sah Bob ein großes Zelt schimmern. Ohne weiter über das Warum nachzudenken, lief er darauf zu. Er keuchte laut, aber der Gesang war unüberhörbar: »Jesus is tenderly calling you home!« Das musste der Erweckungsgottesdienst von Reverend Elmar Cantry sein, der alle verlorenen Seelen von Rocky Beach retten wollte. Bob hatte in der Zeitung davon gelesen. Vielleicht würde er sich ja in der Menge der Gläubigen verstecken können. Bob schlüpfte unter der Zeltbahn durch – und fand sich zu seinem Entsetzen mitten auf der Bühne wieder.

»Tritt näher, mein Sohn!«, rief der silberhaarige Wanderprediger mit salbungsvoller Stimme. »Ich sehe, du bist bereit, Jesus als deinen persönlichen Herrn und Retter anzunehmen.«

»Gelobt sei der Herr!«, rief die Menge.

»Nein –«, wollte Bob sagen, aber da stand plötzlich Jay Zychal neben ihm.

»Dieser Junge ist ein Dieb! Er hat mich bestohlen!«, rief Bobs Verfolger und zeigte auf den silbernen Leuchter, den der dritte Detektiv noch immer in der Hand hielt.

Reverend Cantry erfasste mit einem Blick die Situation: »Wie steht es in der Offenbarung des Johannes: ›Wenn du nicht umkehrst, werde ich kommen und deinen Leuchter von seiner Stelle wegrücken‹!«, donnerte er. »Kennst du nicht das siebte Gebot, mein Sohn?«

»Du sollst nicht stehlen!«, antwortete die Menge für ihn.

»Amen!«, rief der Prediger. »So steht es geschrieben im Zweiten Buch Mose. Aber Jesus liebt auch den Sünder! Den *reuigen* Sünder! Wie sagt der Apostel Paulus: ›Wer gestohlen hat, der stehle nicht mehr, sondern arbeite und schaffe mit eigenen

Händen das nötige Gut, damit er dem Bedürftigen abgeben kann.‹ Also, mein Sohn: Gib, damit dir vergeben wird!«
Er hielt Bob ein Körbchen hin, das schon mit etlichen Dollarscheinen gefüllt war.
Wo bin ich hier nur hineingeraten?, fragte sich der dritte Detektiv.
Er warf Jay Zychal den Kerzenleuchter zu und floh durch den Mittelgang. Dabei stolperte er über das Mikrofonkabel und prallte mit voller Wucht gegen die Stange, die das Zelt in der Mitte stützte. Die Stange begann sich bedenklich zu neigen. Über dem Orgelspieler senkte sich das Zeltdach.
Die Sängerinnen des Chors schrien auf. Sie drängten zum Ausgang, verhedderten sich aber mit ihren wallenden Umhängen in den Notenständern und stürzten ebenfalls.
Zwei Gottesdienstbesucher sprangen auf, um Bob festzuhalten; dabei geriet die Bank, auf der sie saßen, aus dem Gleichgewicht und fünf weitere Gläubige purzelten auf den Boden.
Mr Zychal junior warf sich auf Bob.
Der Reverend rief hilflos immer wieder: »›Lasst alles ehrbar und ordentlich zugehen‹ – Erster Brief an die Korinther!«
Aber erst zwei eilig herbeigerufenen Polizeibeamten gelang es, Ordnung ins Chaos bringen. Sie nahmen Jay Zychal, Bob und den Kerzenleuchter mit aufs Revier.

Weiter auf Seite 93.

Du bist von Seite 16 oder 119 hierhergelangt.

Die drei ??? fuhren zurück zum Schrottplatz, um alles für ihren nächtlichen Einsatz vorzubereiten. Peter kramte sein Dietrichset hervor, Justus legte Taschenlampen und ein Seil bereit. Als es dunkel geworden war, fuhren sie los.

Peter stellte seinen MG auf dem Parkplatz des Botanischen Gartens ab. Das weitläufige Gelände war nicht eingezäunt, deswegen kamen auch abends noch Leute vorbei, die ihren Hund ausführen oder ein wenig spazieren gehen wollten. Peters Wagen würde nicht weiter auffallen.

Die drei ??? hielten sich abseits der Wege und gelangten so zum Verwaltungsgebäude, ohne jemandem zu begegnen. Das Schloss an der Eingangstür leistete Peters kundigen Fingern nur kurz Widerstand. Die Jungen schlossen die Tür hinter sich und schalteten ihre Taschenlampen mit dem roten Filter ein. Ihr Licht tanzte über die Pflanzen, die in großen Kübeln überall im Treppenhaus standen, sodass sie fast lebendig wirkten: wie Urzeitmonster, die aus der Dunkelheit nach ihnen griffen. Peter hielt sich dicht an seine Freunde. Auf einmal flüsterte Bob: »Pssst! Da piepst was!«

»Wenn das Piepsen immer schneller wird, ist das die Alarmanlage, die alle legitimen Besucher des Gebäudes daran erinnert, doch jetzt bitte den Code einzugeben«, sagte Justus trocken.

»Quatsch nicht, raus hier!«, rief Peter. Sie liefen gerade aus der Eingangstür, da heulte eine Sirene los und eine orangefarbene Lampe am Giebel fing an zu blinken.

Aus Richtung der großen Wiese hörten sie aufgeregte Stimmen. Ein Mann rief: »Was … los? … Alarmanlage … mal gucken!«

»Hinter die Rhododendron-Hecke!«, zischte Bob und machte einen Hechtsprung. »Wir müssen vorne durchs Gebüsch! Da ist es dunkel!« Justus stolperte über einen abgebrochenen Ast, fiel hin, rappelte sich wieder auf.

»Deckung!«, flüsterte Peter. Sie warfen sich auf den Boden. Nur fünf Meter vor ihnen eilten die Spaziergänger in Richtung Verwaltungsgebäude. Gut, dass die keine Taschenlampen dabeihatten! Die drei ??? hielten die Luft an, um sich nicht durch ihr Keuchen zu verraten.

Die Stimmen wurden leiser. Die Jungen warteten noch einen Moment, dann eilten sie weiter und gelangten schließlich in einem großen Bogen zum Parkplatz. Dort war alles ruhig. Leise schlüpften sie ins Auto und fuhren langsam davon. Erst als sie die Hauptstraße erreicht hatten, ohne dass ihnen ein Polizeiwagen entgegengekommen wäre, wagten sie aufzuatmen.

»Das war knapp«, sagte Justus.

»Also, das nächste Mal lassen wir das Seil zu Hause. Geländeläufe mit Rucksack bringen's nicht«, ärgerte sich Peter.

»Das *nächste Mal*?«, rief Bob. »Ich habe –«

»Leute, lasst uns jetzt nicht streiten. Kommt, wir fahren erst mal in die Zentrale zum Runterkommen«, schlug Justus vor.

Eine Stunde später konnten sie schon fast über die gründlich missglückte Aktion lachen, da klingelte das Telefon.

»Wer ruft denn jetzt noch an?«, wunderte sich Justus und nahm ab. »Justus Jonas von den drei Detektiven.«

»Seid ihr denn völlig des Wahnsinns?«, brüllte es aus dem Hörer, so laut, dass Peter, der im Sessel gegenüber saß, sich vor Schreck fast an seiner Cola verschluckt hätte.

»Ah, Inspektor Cotta, guten Abe–«
»Unterbrich mich nicht! Was habt ihr euch denn dabei gedacht? Einfach beim Botanischen Garten einzubrechen?«
»Sir, ich –«
»Unterbrich mich nicht! ›Ehrenamtliche Juniorassistenten‹! Dass ich nicht lache! Ganz gewöhnliche Kriminelle!«
»Sir, ich –«
»Unterbrich mich nicht! Nur dass ganz gewöhnliche Kriminelle normalerweise keine rote Kreide dabeihaben, die ihnen im Eifer des Gefechts aus der Tasche fällt!«
Allmählich beruhigte sich der Inspektor und erklärte den drei ???, wie er so schnell auf sie gekommen war: Cotta war selbst zum Tatort gefahren, weil der Streifendienst an diesem Abend dünn besetzt war, hatte die Visitenkarte der drei ??? auf Mr Grunstatters Schreibtisch liegen sehen, erfahren, dass sie am Nachmittag den Direktor besucht und »aufdringliche Fragen« gestellt hatten – und dann im Flur ein Stück Kreide gefunden, wie es die Detektive stets bei sich trugen. Und nach Büroschluss war geputzt worden …
»Ihr könnt wirklich von Glück reden, dass ich euch den Einbruch nicht mit hundertprozentiger Sicherheit nachweisen kann!«, schloss Cotta seine Strafpredigt.
»Aber der Direktor hat –«
»Kein Aber! Das will ich erst gar nicht hören! Lasst endlich die Finger von der Sache, sonst sorge ich dafür, dass ihr die längste Zeit Detektiv gespielt habt!«

Das wollten die drei ??? natürlich nicht riskieren, deswegen legten sie den Fall schweren Herzens zu den Akten.

Du bist von Seite 109 oder 120 hierhergelangt.

Der Lange fand auf einem Werkstattwagen Draht und Kabelbinder. Er fesselte die drei ???, durchsuchte sie sorgfältig und scheuchte sie in einen fensterlosen Raum, in dem Aktenschränke standen. »Macht euch ein schönes Wochenende!«, sagte er lachend. »Ich lass euch auch die Glühbirne an. Montag ist Feiertag, aber am Dienstag holt euch bestimmt jemand raus. Wir kümmern uns jetzt mal in Ruhe um den Tresor.«
Er verschloss die schwere Stahltür hinter den drei ???. Die Jungen hörten, wie sich die Schritte der beiden Einbrecher entfernten, dann waren sie allein. »Ich weiß nicht, wie wir hier rauskommen sollen«, sagte Peter. »Die haben uns alles abgenommen: Taschenmesser, Dietrichset …«

Tatsächlich gelang es den drei ??? nicht, sich zu befreien. Ohne Nahrung, vor allem aber ohne Wasser, mussten sie bis Dienstagmorgen ausharren. Als die Mitarbeiter von *Mirror and Glass* sie fanden, waren die Jungen völlig ausgetrocknet. Justus hatte das Bewusstsein verloren.
Am Tag nach ihrer Entlassung aus dem Krankenhaus waren Peter und Bob gemeinsam mit ihren Eltern bei Familie Jonas eingeladen. Es gab Kirschkuchen, vor allem aber eine ernste Ansprache von Bobs Vater: »Gebrochene Gliedmaßen, Schussverletzungen – das sind wir ja schon fast gewöhnt. Aber diesmal habt ihr wirklich dem Tod ins Auge geblickt. Drei Tage ohne Wasser … Das Detektivspielen muss aufhören!« Auch wenn dieses Verbot auf Dauer nicht durchzuhalten war – im Fall der weißen Anakonda waren die Ermittlungen der drei ??? beendet.

Du bist von Seite 40 hierhergelangt.

Noch bevor Justus etwas sagen konnte, hatte Peter zu seinem Glas gegriffen und einen tiefen Zug genommen. »Ah, das tut gut«, seufzte er wohlig.
»Peter, ich weiß nicht, ob –«, sagte Justus.
Mr Snake lachte. »Richtig: Ich weiß nicht, ob ich an deiner Stelle diese Limonade getrunken hätte. Haben dir deine Eltern nicht beigebracht, dass man nichts von fremden Männern annehmen soll?« Mr Snake hob den Zeigefinger, als ob er Peter tadeln wollte. »Diese Limonade enthält ein Kobra-Gift, das deinen Elektrolyt-Haushalt durcheinanderbringt. Natrium und Kalium, du weißt schon. Das Herz reagiert da sehr empfindlich. Da reichen schon kleinste Mengen, wenn das Gift erst mal in die Blutbahn gelangt. Leidest du unter Zahnfleischbluten? Dann wirst du –«
»Aber das können Sie doch nicht machen!«, rief Justus.
»Falsch. Ich *habe* das gemacht.«
Plötzlich hatte er eine Pistole in der Hand.
»Wir hätten ihn nicht allein aus dem Zimmer gehen lassen dürfen, Peter. Er muss in der Küche –«
Peters Augen begannen zu flattern. »Justus, mein Herz schlägt so –«
»Wenn ich bitten darf, meine Herren, hier entlang.« Mr Snake wedelte mit der Pistole.
Justus stimmte den Ruf des Rotbauchfliegenschnäppers an. Eines der Fenster war eine Handbreit hochgeschoben. Bob und Joel müssten ihn eigentlich draußen hören können.
Mr Snake lachte wieder: »Ist das ein Vogel, den du da nachmachst? Etwa ein geheimes Signal an eure Hilfstruppen? Die werden das kaum mitbekommen …«

Er lotste die beiden Detektive durch die Küche in ein kleines Büro. Peter schwitzte stark und atmete schnell.

»Seht euch mal diese Monitore an. Meine Kameras haben alles im Blick. Ihr glaubt doch wohl nicht im Ernst, ich ließe mein Haus ungesichert! Hier auf der Nummer drei: Das sind anscheinend eure gefiederten Freunde.« Er zeigte auf Bob und Joel, die verzweifelt versuchten, sich aus einer Art Kabine zu befreien.

»Den einen kenn ich doch. Na, ob ich dem noch mal was verkaufe … Die beiden haben anscheinend versucht, in meine Aufzuchtstation hinter dem Haus einzudringen. Und jetzt sind sie in der Eingangsschleuse gefangen.«

»Wasser«, stöhnte Peter.

»Nur zu«, sagte Mr Snake und deutete mit der Pistole auf den Wasserhahn.

Peter sackte zusammen. Justus konnte ihn gerade noch auffangen. »Justus«, stöhnte der Zweite Detektiv. Dann wurde es um ihn herum Nacht.

Weiter auf Seite 50.

Du bist von Seite 139 hierhergelangt.

Nach der Schule holten Peter und Bob Justus auf dem Schrottplatz ab. Der Erste Detektiv saß auf der Veranda und rieb sich die Augen. »Was ist eigentlich mit dir los?«, fragte Bob besorgt. »Du hast heute schon die ganze Zeit während der Mathe-Arbeit gegähnt. Hast du etwa eine Nachtschicht eingelegt, um dich vorzubereiten?«

»Quatsch«, protestierte Justus. »Die Arbeit war doch mehr als einfach. Ich habe gestern Abend etwas länger gelesen.«

Joel erwartete sie schon und führte sie direkt in den Keller. Es war düster, warm und stickig. Überall standen Terrarien mit Schlangen, Eidechsen und Fröschen in allen Größen und Farben.

»Das ist wirklich beeindruckend, Joel«, sagte Justus anerkennend. »Du hast eine ganz außergewöhnliche Menagerie hier. Führst du uns ein wenig herum?«

Joel freute sich über das Interesse und begann, über seine Tiere zu erzählen. Justus stellte zahlreiche Fragen und nach wenigen Minuten waren Joel und er in ein richtiges Experten-Gespräch vertieft. Bob und Peter sahen sich erstaunt an. Sie waren es gewohnt, dass Justus umfangreiche Kenntnisse auch in entlegenen Wissensgebieten besaß, aber was er hier an Gelehrsamkeit bewies, war selbst für ihn ungewöhnlich.

»Du, ich glaube, ich weiß jetzt, warum unser Erster heute so müde ist«, flüsterte Bob Peter zu. »Er war wahrscheinlich die ganze Nacht wach und hat sich zu einem echten Schlangenfachmann weitergebildet.«

»Das sähe ihm ähnlich«, flüsterte Peter zurück. »Aber wozu das alles?«

Die Antwort auf seine Frage bekam Peter einige Minuten später. Joel und Justus fachsimpelten noch immer, und je interessierter Justus fragte, desto stolzer zeigte Joel ihm seine Tiere. Schließlich führte er ihn zu einem etwas versteckt stehenden Terrarium: »Etwas ganz Besonderes: eine Wyoming-Kröte!«

»Wow«, sagte Justus. »Die ist in der Tat etwas Besonderes.« Joel nickte und strahlte. »Diese Kröte steht auf der sogenannten Roten Liste der vom Aussterben bedrohten Tierarten«, fuhr Justus fort. »Sie kommt in freier Wildbahn nicht mehr vor. Der Handel mit ihr ist verboten – und eine Nachzucht in Privathaushalten gibt es nicht.« Joels Lächeln erstarb. »Ich bin mir sicher, dass du das alles genau weißt. Joel, du hast dich strafbar gemacht! Und jetzt hätte ich ein paar Fragen an dich.«

»Einen Moment«, schaltete sich Bob ein. »Justus, kann ich dich mal kurz allein sprechen?« Die beiden Detektive suchten sich einen Platz hinter dem Terrarium mit den Ochsenfröschen.

»Justus, was wird das hier? Willst du Joel erpressen?«

»Er hat gegen das Gesetz verstoßen! Das ist das eine. Und wenn sich einer mit dem Schwarzmarkt auskennt, dann wohl er. Wir brauchen darüber dringend Informationen. Mehr kann ich nicht dazu sagen.«

Was denkst du? Ist es in einer solchen Situation in Ordnung, Druck auf einen Informanten auszuüben? Weiter auf Seite 70. Oder gilt der Satz »Der Zweck heiligt nicht die Mittel«? Dann weiter auf Seite 10.

»Das wurde aber auch wirklich Zeit, Justus«, sagte Tante Mathilda vorwurfsvoll, als die drei Jungen wieder im Flur standen. »Wenigstens hast du dir was Ordentliches angezogen, nicht diese Schlabber-T-Shirts, die du sonst immer trägst. Das Hemd ist ziemlich auf Taille geschnitten, aber –«

»Sollten wir nicht los?«, unterbrach Bob. Er hatte gesehen, wie Justus rot anlief und gerade den Mund öffnen wollte.

Auf der Fahrt zum Botanischen Garten schwiegen alle. »Los jetzt, sonst kommen wir noch zu spät!«, rief Tante Mathilda, noch während Onkel Titus den Wagen in eine Parklücke manövrierte. Schwungvoll stieg Justus aus. Da machte es »pling« und dann noch einmal »pling, pling, pling«. Das waren die Knöpfe an Justus' Hemd, die der ruckartigen Bewegung nicht gewachsen waren. Peter und Bob bissen sich auf die Lippen, um nicht laut loszulachen.

»So kannst du nicht mit«, sagte Tante Mathilda trocken.

»Schon klar«, entgegnete Justus wütend. »Macht das einfach ohne mich, ich warte hier im Wagen.«

»Kommt nicht infrage«, erklärte Tante Mathilda. »Das ist unser gemeinsamer Ausflug. Wir fahren alle zurück und du ziehst dir schnell etwas – etwas Größeres an.«

Onkel Titus fährt in halsbrecherischem Tempo, Justus schnappt sich zu Hause sein erstbestes T-Shirt? Dann kommen sie gerade noch rechtzeitig zur eigentlichen Führung – Seite 21.

Justus kann sich wieder nicht entscheiden, was er anziehen will? Dann, etwas später, weiter auf Seite 58.

Peter drehte sich um und wollte gerade Richtung Tür laufen, da tauchte wie aus dem Nichts der groß gewachsene Einbrecher auf und versperrte ihm den Weg. »Nicht so eilig!«, rief er und packte ihn. Der Zweite Detektiv wehrte sich aus Leibeskräften, aber da war schon der Mann mit der Pistole bei ihnen. »Hände hoch!«
Peter ergab sich.
»Was machst du hier?«
»Nichts! Ich bin im Wald spazieren gegangen, da habe ich gesehen, wie Sie ein Loch in den Zaun geschnitten haben, und bin Ihnen gefolgt.«
»Du hättest dich besser um deine eigenen Angelegenheiten gekümmert! Bist du allein?«
»Ja«, log Peter.
Der Lange öffnete die Tür und sah in den Hof. Die Schuhabdrücke der drei ??? zeichneten sich im feuchten Boden deutlich ab.
»Lüg mich nicht an!«, zischte er wütend. Dann rief er in die Halle: »Kommt alle raus, wenn euch etwas am Leben eures Freundes hier liegt! Immer schön die Hände hoch! Wird's bald?«
Langsam kamen Justus und Bob hinter einer großen Kiste hervor. Was sollten sie auch anderes tun?
»Na, geht doch! Wenn ich mir die Spuren im Hof angucke, müssten wir jetzt in der Tat komplett sein.«

Weiter auf Seite 103.

Du bist von Seite 46 hierhergelangt.

Du bist von Seite 61 hierhergelangt.

Mr Snake dirigierte Justus und Peter durch die Hintertür und über den Hof zur Aufzuchtstation. Von außen ließ sich die Schleuse problemlos öffnen.

»Willkommen bei Mr Snake, Schlangen en gros und en détail. Ach, hallo, Joel! Tja, so schnell sieht man sich wieder … Und jetzt nehmt die Hände hinter den Kopf. In der Schleuse ist es eng, da möchtet ihr doch bestimmt nicht, dass sich irgendwie im Gedränge ein Schuss löst, oder?« Er stieß Justus in den kleinen Raum, packte Peter an der Schulter und tippte ihn mit der Pistole an. »Eine falsche Bewegung und …«

Mr Snake brachte den Satz nicht zu Ende. Er schob auch den Zweiten Detektiv in die Schleuse. Die äußere Tür schloss sich. Mit der linken Hand gab der Tierhändler den Code ein und die innere Tür glitt auf. »Nach Ihnen, meine Herren.« Die vier Jungen stolperten ins Innere der Aufzuchtstation. Hier gab es noch einmal deutlich mehr Terrarien als im Wohnzimmer. An der Stirnseite des Raumes stand ein Käfig, in dem Ratten hin und her liefen. Mr Snake hatte Bobs Blick bemerkt: »Die werfe ich meinen Schlangen lebendig zum Fraß vor.« Er schien sich köstlich zu amüsieren.

»Und jetzt bitte alle rüber zu diesem Terrarium.« Mr Snake deutete mit der Pistole auf einen großen Glaskasten direkt hinter ihnen, in dem im Licht einer Wärmelampe eine gelb-schwarz geringelte Schlange lag. »Joel, könntest du bitte deinen Freunden erklären, womit wir es hier zu tun haben?«

Keine Antwort.

»Ich höre nichts. Joel?«

»Das ist ein Gebänderter Krait«, antwortete Joel stockend. *»Bungarus fasciatus.«*

»Korrekt. Wie wäre es mit einer kurzen Erklärung zur Gefährlichkeit dieses Exemplars für all diejenigen, die sich nicht so gut auskennen wie wir beide?«

»Eine der tödlichsten Giftschlangen, die es gibt.«

»Sehr gut, Joel. Du bist ja ein richtiger Experte! Und jetzt möchte ich, dass ihr den Deckel des Terrariums abnehmt und eure Hände hineinsteckt.«

»Wie bitte?«, rief Justus entsetzt.

»Du hast mich genau verstanden.«

Keiner der vier rührte sich. Nur ihr Atem war zu hören, stoßweise und schnell.

»Wird's bald?« Mr Snakes Stimme klang nicht mehr ironisch, sondern schneidend. »Na?« Drohend trat er auf die vier regungslosen Jungen zu.

»Ich zähle bis drei. Eins, zwei –«

Joel seufzte, nahm behutsam den Deckel des Terrariums ab und griff hinein.

Und dann ging alles sehr schnell. Mit schreckgeweiteten Augen sahen die drei ???, wie Joel das Tier hinter dem Kopf packte, mit einer raschen Handbewegung aus dem Terrarium zog und Mr Snake ins Gesicht schleuderte.

Der schrie und ließ unwillkürlich die Pistole fallen, als er die Giftschlange abwehren wollte. Ein Schuss löste sich, Glas splitterte. Die Schlange biss sich in Mr Snakes Wange fest. Er schrie und schrie.

War das die Wende in einer ausweglos erscheinenden Situation?
Weiter auf Seite 18.

Du bist von Seite 137 hierhergelangt.

»Okay, Justus. Ich bin weiter auf der Chavez Avenue. Du willst nicht wirklich wissen, wie schnell ich fahre …«

»Und? Siehst du Mr Snake?«

»Bis jetzt noch nicht.«

Stille.

»Bob?«

»Der ist nirgendwo. So, wie ich gerast bin, hätte ich ihn schon lange einholen müssen. Eins ist sicher: Zum South Atlantic Boulevard wollte der nicht. Ich befürchte, er ist abgebogen, als dieser blöde Laster mir die Sicht versperrt hat. Warte mal, er ist vorher auf die linke Spur gewechselt. Vielleicht wollte er in die Bleakwood Avenue.«

»Und das sagst du erst jetzt?«

»Ich kenne jemanden, der aus der Ferne besser wusste, was ich zu tun hatte … Das bringt doch jetzt nichts, Justus. Wir sagen besser Peter Bescheid und fahren das Wohngebiet nördlich von Chavez rund um Bleakwood ab. Wenn Joel auch mitmacht, haben wir ja drei Wagen.«

Eine Viertelstunde später trafen sich alle an der Kreuzung. Justus breitete Joels Karte auf der Motorhaube aus und wies jedem den Bereich zu, in dem er suchen sollte.

Nach einer Stunde waren alle zurück. Der Erste Detektiv musste nicht fragen. Die enttäuschten Gesichter sprachen Bände. »Kollegen, das ist auch wirklich nicht einfach im Dunkeln«, tröstete Justus die anderen. »Und wenn er seinen Outback bei sich zu Hause in die Garage gefahren hat, hätten wir ihn eh nicht finden können. Die Chancen standen schlecht, aber wir mussten es versuchen.«

»Telefonlawine?«, fragte Peter.

»Telefonlawine, SMS-Lawine, E-Mail-Lawine, genau«, antwortete Justus. »Aber ich bin da nicht so optimistisch. Erstens kennen wir kaum jemanden in L. A., zweitens wirkte die Gegend nicht so, als ob hier viele Jugendliche wohnen, drittens gibt es Outbacks wie Sand am Meer.«

»Und wenn wir Cotta um Hilfe bitten? Er könnte doch mal in den Tiefen seines Computers kramen«, schlug Bob vor.

Justus nahm wieder seine Finger zu Hilfe: »Erstens hat Cotta gesagt, wir sollen uns raushalten. Zweitens: Selbst wenn er uns helfen würde, bekämen wir eine Riesenliste. Drittens: Selbst wenn wir die abarbeiten würden, sollte es mich wundern, wenn Mr Snake das Auto tatsächlich korrekt in Kalifornien gemeldet hätte.«

»Also die Lawine«, fasste Bob zusammen.

Die drei ??? bedankten sich bei Joel für seine Unterstützung und fuhren dann zurück zur Zentrale, wo sie mit einem Schneeballsystem andere Jugendliche informierten, die nach Mr Snakes Auto Ausschau halten sollten.

Aber wie Justus befürchtet hatte: Sie bekamen nur eine Handvoll Hinweise – und die liefen alle ins Leere. Joel lehnte es ab, noch einmal ein Treffen mir Mr Snake zu vereinbaren: »Ich bin froh, dass ich meine Tiere nicht mehr verstecken muss. Von so krummen Typen wie Mr Snake hab ich echt genug.«

So kamen die drei ??? also nicht weiter. Der Erste Detektiv war schwer enttäuscht. Schließlich führten ihn Peter und Bob am Freitag zum Eisessen aus: »Sahne und Zucker gegen Frust, Just!«
Weiter auf Seite 34.

Du bist von Seite 56 hierhergelangt.

Als die drei vom Polizeipräsidium zurückkamen, empfing sie ein verlockender Duft. »Da seid ihr ja endlich!«, rief Tante Mathilda. »Kommt rein. Ich habe schnell noch gebacken. Gegen den Schreck.« Onkel Titus lächelte schwach.

Justus sah auf die Uhr und stellte dann den Fernseher an:

»… heute im Botanischen Garten unter spektakulären Umständen eine mehr als einen Meter lange Schlange geraubt. Der Täter entwendete das Tier, indem er während einer Führung durch das Gewächshaus ein Loch in das Terrarium schnitt und mit der Schlange flüchtete. Unter den Besuchern brach Panik aus; mehrere Menschen wurden verletzt. Ein 68-jähriger Mann musste mit massiven Herzproblemen ins Krankenhaus gebracht werden. Das gestohlene Fluchtfahrzeug wurde sichergestellt, vom Täter fehlt jede Spur.

Bei der geraubten Schlange handelt es sich laut Botanischem Garten um eine Gelbe Anakonda, eine südamerikanische Würgeschlange. Anakondas umschlingen ihre Beute und ersticken sie, indem sie mithilfe ihrer kräftigen Muskulatur ein Ausdehnen des Brustkorbes und damit das Atmen verhindern. Anschließend verschlingen sie das Opfer im Ganz–«

»Macht den Fernseher aus, bitte«, sagte Onkel Titus leise. »Auch wenn's um dein Patenkind geht, Mathilda.« Er war ganz blass um die Nase geworden.

Seine Frau lachte und griff zur Fernbedienung. »Schon gut. Eigentlich wollte ich ja heute Abend die Wiederholung von *Die schwarze Mamba* gucken. Ein toller Film! Aber ich glaube, das lasse ich lieber.«

Weiter auf Seite 38.

Du bist von Seite 137 hierhergelangt.

Es wurde sechs Uhr, es wurde Viertel nach sechs. Kein Zeichen von Joel. Justus funkte Bob an: »Joel taucht einfach nicht auf. Hast du seine Nummer? Dann rufe ich ihn mal an und frage, was los ist.«

Joel ging sofort ans Telefon. »Hallo«, sagte er matt.

»Joel, hier ist Justus. Wo bleibst du denn?«

»Ich komm nicht.«

»Wie? Aber du –«

»Nachdem du mir gestern so zugesetzt hast, habe ich mich entschieden, reinen Tisch zu machen: Ich habe alles meinen Eltern erzählt und die verbotenen Tiere dann anonym dem Zoo in Los Angeles zugespielt.«

»Aber –«

»Justus, du hast nichts mehr gegen mich in der Hand.«

»Aber die Anakonda!«

»Ich möchte Mr Snake nie mehr wiedersehen. Ihr braucht auch nicht auf ihn zu warten. Der ist immer *nach* mir gekommen. Wahrscheinlich hat er sich jedes Mal erst überzeugt, dass ich tatsächlich da war, bevor er runter zum Fluss ist. Viel Glück bei der Schlangenjagd!« Joel legte auf.

»So ein Mist!«, fluchte Justus. Über Funk rief er Peter und Bob und berichtete, was Joel gesagt hatte.

»Justus, du weißt, dass ich mich mit Erpress–«, begann Bob, aber der Erste Detektiv ließ ihn nicht aussprechen: »Jaja, schon gut. Kann mich einer hier abholen kommen?«

Justus schmollte zwei Tage lang, bis ihn schließlich Peter und Bob zum Eisessen ausführten: »Sahne und Zucker gegen Frust, Just!« **Weiter auf Seite 34.**

Du bist von Seite 128 oder 133 hierhergelangt.

»Mr Grunstatter, wir haben den begründeten Verdacht, dass es bei dem Vorfall am vergangenen Sonntag nicht um die weiße Anakonda ging.«

»Wie meinst du das, Justus?«

»Bob?« Der Erste Detektiv nickte seinem Kollegen zu. Der zog seinen Notizblock aus der Tasche: »Wir finden es merkwürdig, dass der Dieb ausgerechnet dann zugeschlagen hat, als das ganze Gewächshaus voller Menschen war. Am Sonntag war zwar die offizielle Vorstellung der Tiere, die Sie vom Zoo übernommen haben, aber die Neuzugänge waren bereits seit einigen Tagen in ihren Terrarien und Käfigen, richtig?«

Der Direktor nickte.

»Es wäre also für den Räuber ein Leichtes gewesen, die Anakonda tagsüber unter der Woche zu stehlen – also zu einem Zeitpunkt, als kaum jemand im Gewächshaus war. Und wir müssen davon ausgehen, dass er die örtlichen Verhältnisse kannte: Schließlich wusste er, dass er für dieses Terrarium vergleichsweise einfaches Werkzeug benötigte.«

Mr Grunstatter seufzte.

»Gestolpert sind wir auch darüber, wie brutal der Dieb beim Raub vorgegangen ist – und vor allem, wie planlos danach«, fuhr Bob fort. »Erinnern Sie sich, unter welchen Umständen die Schlange wieder aufgetaucht ist? Der Täter hatte sich offenbar keine Gedanken gemacht, was er mit ihr anstellen sollte.«

»All das«, nahm Justus den Gesprächsfaden auf, »bringt uns zu der Annahme, dass es am Sonntag im Kern nicht darum ging, die Eigentumsverhältnisse Ihrer weißen Anakonda zu ändern.«

Peter und Bob grinsten. Sie waren Justus' gestelzte Ausdrucksweise gewohnt.
»Wir müssen uns also fragen: Cui bono?«, fuhr der Erste Detektiv fort. »Wem hat der Anakonda-Raub genützt? Oder andersherum gefragt: Wem hat er geschadet?«
»Verstehe«, sagte Mr Grunstatter. »Und an wen denkt ihr?«
»Nun, zunächst einmal natürlich an Sie: Sie haben es nicht geschafft, ein Ihnen anvertrautes Tier sicher unterzubringen. Wenn Ihnen also jemand schad–«
»Aber das ist doch absurd!«, rief der Direktor aufgebracht.
»Absurd nicht«, entgegnete Justus kühl. »Aber Bob hat in dieser Hinsicht kein Motiv entdecken können. Wir denken eher an die Teilnehmer der Führung, die im allgemeinen Chaos verletzt worden sind. Dass es zu Panik kommen würde, war für den Täter ja abzusehen.«
Mr Grunstatter wirkte erleichtert, dass die drei ??? nicht ihn im Blick hatten.
»Um diesen Ansatz weiterverfolgen zu können, bräuchten wir eine Liste all derer, die an der Führung teilgenommen haben, inklusive aller Kontaktinformationen.«
»Aber das –«
»Mr Grunstatter, das hilft doch auch Ihnen. Denken Sie an die Rücktrittsforderungen.«
Justus lächelte.
Der Direktor lächelte gequält.
»Ich rufe Melinda Bull an, die Leiterin unserer Marketing-Abteilung, die kennt sich mit dem Paten-Programm am besten aus.«
Zwanzig Minuten später stellte ihnen Mr Grunstatter eine

junge Frau vor, die nicht glücklich wirkte, am Samstagmorgen zu ihrem Chef nach Hause kommen zu müssen.
Aus dem Botanischen Garten hatte sie die Liste mitgebracht, um die der Erste Detektiv gebeten hatte. Justus löcherte sie mit Fragen: »Sie waren ja am Sonntag auch dabei. Also: Wer war der Mann mit dem Kurzarmhemd und der hellgrünen Micky-Maus-Krawatte, der in den kleinen Bach gefallen ist? Und in welcher Beziehung stand die ältere Dame in dem grauen Kostüm und mit der Laufmasche am linken Bein zu dem etwa dreißig Jahre alten Mann – Jeans, rotes Polo-Shirt, blauer Rucksack, kurze Haare, mechanische Uhr, die aber fünf Minuten vorging?«
Melinda Bull schaute den Ersten Detektiv mit großen Augen an. »Justus hat ein fotografisches Gedächtnis«, erklärte Peter. Nachdem sich Melindas Erstaunen gelegt hatte, arbeitete Justus mit ihrer Hilfe gewissenhaft die Liste durch und machte sich Notizen zu allen Teilnehmern.
»Und dann benötigen wir noch zwei Uniformhemden des Botanischen Gartens, so wie Mr Hoglund am Sonntag eins trug«, sagte er. »Eins in L und eins in, äh, L, das etwas größer ausfällt.«
»Ich frage jetzt nicht, wofür ihr die braucht«, erwiderte Mr Grunstatter matt. »Aber ich habe hier noch zwei Hemden im Schrank hängen, die könnt ihr mitnehmen.«

Weiter auf Seite 59.

Die drei ??? dankten Mr Grunstatter und verabschiedeten sich. Die Sekretärin mit der Betonfrisur hob nicht einmal den Kopf, als sie gingen. Aus dem Augenwinkel sah Justus, wie der Direktor sofort zum Hörer griff und nervös eine Nummer wählte.

Kaum war die Tür des Verwaltungsgebäudes hinter ihnen ins Schloss gefallen, ergriff Justus das Wort: »Hier ist etwas oberfaul! Hat etwa einer von euch seine Geschichte mit der erhöhten Medienaufmerksamkeit geglaubt? Und diese auf mysteriöse Art und Weise verschwundenen Seiten im Dokumentationsordner? Eine Hunderttausend-Dollar-Schlange ohne Vorgeschichte?« Justus runzelte die Stirn. »Und wen hat er da gerade so eilig angerufen? Ich würde einiges darum geben, jetzt auf seinem Telefon die Wahlwiederholungstaste drücken zu können!«

»Sollen wir heute Abend seinem Büro einen Besuch abstatten? Wir machen den Weg frei«, sagte Peter grinsend.

»Peter!«, rief Bob. »Deswegen einbrechen?! Lasst uns lieber –«

»Locker bleiben«, unterbrach ihn Peter. »Bis jetzt warst du immer froh, dass ich mit Dietrichen umgehen kann.«

»Peter hat recht«, sagte Justus. »Besondere Umstände erfordern ein unorthodoxes Vorgehen. Kommt, wir fahren in die Zentrale und suchen unsere Ausrüstung zusammen.«

Sollen die drei ??? eine »Recherche-Runde« nach Büroschluss einlegen? Dann weiter auf Seite 100.

Oder sollen Peter und Justus erst einmal hören, was Bob vorschlagen wollte? Seite 16.

Du bist von Seite 22 hierhergelangt.

Du bist von Seite 46 hierhergelangt.

Justus gab Bob ein Zeichen: Sie würden sich gleichzeitig bemerkbar machen, um den Dicken abzulenken. Die beiden Detektive sprangen auseinander und warfen im selben Moment zwei große Glasscheiben um, die in tausend Stücke zerbrachen. Sie hatten allerdings den Einbrecher unterschätzt. Der setzte Peter unbeeindruckt nach – während der Zweite Detektiv angesichts des unerwarteten Lärms so erschrak, dass er stolperte und zu Boden fiel. Der Einbrecher kam auf drei Meter an Peter heran, legte an und rief: »Hände in den Nacken!« Zögernd leistete Peter seinem Befehl Folge.
Justus und Bob sahen sich verzweifelt an. Der Dicke hatte sich so geschickt auf einer freien Fläche abseits von Spiegeln, Scheiben und Transportkisten postiert, dass es unmöglich war, ihn zu überrumpeln, selbst wenn sie aus zwei unterschiedlichen Richtungen kämen. Und seine Kaltblütigkeit hatte der Einbrecher überzeugend unter Beweis gestellt.
In diesem Moment trat der Lange hinzu, den Justus und Bob schon fast vergessen hatten.
»So, ihr Spiegelschmeißer«, rief der Dicke. »Wir sind zu zweit und meine Pistole ist auf euren Freund hier gerichtet. Kommt vor, wenn euch etwas an seinem Leben liegt! Immer schön die Hände hoch! Wird's bald?«
Langsam kamen die beiden hinter der großen Kiste hervor, die ihnen Deckung geboten hatte. In dieser Situation war jeder Widerstand zwecklos.
»Ausgezeichnet!«, schmunzelte der dicke Einbrecher. »Und jetzt zum gemütlichen Teil der Veranstaltung …«

Weiter auf Seite 103.

»Was soll das, Justus?«, fragte Bob empört. »Wir waren uns doch einig, dass Erpressung nicht unser Stil ist.«
»Ich habe noch einmal darüber nachgedacht. Stilfragen sind hier nicht entscheidend. Aber mit dem Kauf von Tieren, die vom Aussterben bedroht sind, zu deren Ausrottung beizutragen, ist wirklich keine Kleinigkeit. Ich werde Joel anzeigen, wenn alles vorbei ist.«
»Das wird nicht gehen«, sagte Bob.
»Wie meinst du das?«, wollte Justus wissen.
»Ich hatte mir so was schon gedacht. Deswegen habe ich gestern Abend noch Joel angerufen und ihm wegen der verbotenen Wyoming-Kröte ins Gewissen geredet. Er hat eingesehen, dass Tierfreunde keine bedrohten Tiere halten. Ich habe ihm geraten, die Kröte anonym dem Zoo in L. A. zuzuspielen und alles seinen Eltern zu erzählen. Heute Morgen hat er mir eine SMS geschickt: *Kröte ist beim Zoo. Eltern wissen Bescheid. Fühl mich erleichtert. Danke! Joel*«
»Aber dann haben wir doch nichts mehr gegen ihn in der Hand! Dann kommt er doch nachher nicht!«
»Rein verstandesmäßig hast du recht, Justus. Aber so ticken Menschen nicht. Glaub mir, Joel kommt.«
»Ich fasse es nicht«, sagte Justus wütend. »Dass du mir so in den Rücken fällst!«
»Artenfrevel ist daneben, aber Erpressung auch, Erster.«
Der Erste Detektiv schnaubte nur und stieg demonstrativ bei Peter ein. »Wir sehen uns in L. A.«, blaffte er und schlug die Tür hinter sich zu.

Weiter auf Seite 137.

Du bist von Seite 82 hierhergelangt.

Du bist von Seite 18 hierhergelangt.

Mensch, das war ein Test!

So gut solltest du Justus, Peter und Bob doch kennen: Mr Snake macht zwar einen ausgesprochen gefährlichen Eindruck und er hat auch nicht davor zurückgeschreckt, die Jungen zu vergiften – aber ihn deswegen seinem Schicksal zu überlassen? Riskieren, dass er am Gift des Gebänderten Kraits stirbt?

Natürlich machen die drei ??? das nicht. Das wäre das Ende ihres Detektivbüros und damit auch dieses Falls.

Am Freitagnachmittag trafen sich die drei ??? bei Luigi zum Eisessen. Bob bestellte ein Banana Split. Justus versuchte vergeblich, Peter davon zu überzeugen, einen Freundschaftsbecher zu teilen. »Da bekommen wir umgerechnet viel mehr Eis fürs Geld, Peter! Das nennt man Skaleneffekt.«
»Ich glaube, Skaleneffekt nennt man die Tatsache, dass du in atemberaubendem Tempo mehr als die Hälfte des Eisbechers in dich reinschaufeln würdest. Nee, nee. Ich bestell mir einen Chocolate Sundae und du guckst für dich alleine.«
Bob zog die aktuelle Ausgabe der *Rocky Beach Today* aus der Tasche: »Habt ihr schon die Zeitung gesehen? ›Jung-Detektive bringen Anakonda zurück‹.«
Peter stöhnte. »Irgendwie sitzen wir bei diesem Fall immer zusammen und lesen in der Zeitung von unseren Erfolgen. Das ist doch öde. Wir haben unseren Auftrag erfüllt, Ende der Geschichte. Ich will einfach mein Eis essen und dann noch mit Kelly an den Strand.«
»Wie dem auch sei«, sagte Bob. »Für meine Akte ist dieser Artikel auf jeden Fall der perfekte Abschluss.«
»Der perfekte Abschluss? Das kann ich mir kaum vorstellen«, meldete sich Justus.

Was redet der Erste Detektiv da? Es war doch alles geklärt! Weiter auf Seite 95.

Du bist von Seite 84 hierhergelangt.

Du bist von Seite 24 hierhergelangt.

Peter schlugen die Zweige ins Gesicht. Mist, warum war das Unterholz bloß so dicht? Nur wenige Meter vor sich hörte er den Dieb. Jetzt nur nicht nachlassen!

Wenige Augenblicke später kam er an eine kleine Lichtung und blieb wie angewurzelt stehen. Jetzt konnte er sehen, wer vor ihm geflüchtet war. Es war aber nicht der Schlangendieb in der roten Windjacke, sondern – ein Reh.

Wohin hatte Bob noch mal laufen wollen? Der Zweite Detektiv machte kehrt und lief Richtung Nordwesten. Wieder kämpfte er mit Ästen, stolperte, verfing sich in Brombeerranken. Endlich brach er aus dem Unterholz. Er sah: Bob war dem Flüchtenden dicht auf den Fersen, aber der hatte schon fast einen silbernen Toyota Camry erreicht.

Der Mann riss die Tür auf, warf die Schlange einfach auf den Beifahrersitz, hechtete ins Auto. Der Motor orgelte, sprang aber nicht an. Mit einem Satz war Bob an der Tür, hatte schon den Griff in der Hand – da startete das Auto. Der Mann gab Vollgas. Bob wurde zur Seite geschleudert, rappelte sich auf. Doch zu spät: Der Toyota raste in Richtung Berge davon. Bob konnte nur noch die Fäuste ballen.

»Tut mir leid, ich war einfach nicht schnell genug«, keuchte der dritte Detektiv, als Peter ihn eingeholt hatte.

»Quatsch, ich hätte auf dich hören sollen! Zusammen hätten wir ihn bestimmt geschnappt.«

»Mach dir keinen Kopf. Komm, wir laufen zurück zum Gewächshaus. Da war ja gerade das totale Chaos.«

Weiter auf Seite 35.

Du bist von Seite 74 oder 93 hierhergelangt.

»Ich habe Cotta über unseren Verdacht informiert. Konnte er nachvollziehen, aber ihm ist das alles nicht konkret genug. Er hält sich raus, mit Familiengeschichten hat er wohl schlechte Erfahrungen gemacht. Aber er hat versprochen, mir zu helfen«, konnte Bob seinen Kollegen noch zuflüstern, da wendete sich der Inspektor schon an den alten Herrn: »Mr Zychal, stimmt es, dass Sie diesen jungen Mann hier ins Haus gebeten haben?«

Mr Zychal nickte.

»Und dieser Kerzenleuchter gehört Ihnen?«

Mr Zychal nickte.

»Und Sie haben ihn Bob Andrews, sagen wir, geliehen?«

Mr Zychal nickte lächelnd.

»Dann, Sir«, wandte sich Inspektor Cotta an den Sohn, »besteht aus meiner Sicht weder ein Verdacht auf Einbruch noch auf Diebstahl. Ich darf mich empfehlen?« Ohne eine Antwort abzuwarten, verließ Cotta das Haus.

Justus hatte den Leuchter wiedererkannt, der im Erdgeschoss auf einer Anrichte gestanden hatte. Bob musste ihn sich gegriffen haben, um einen Einbruch vorzutäuschen. Ein feiner Zug von Cotta, ihn so zu unterstützen. Wie hatte der dritte Detektiv den Inspektor nur dazu gebracht?

Jay Zychal kochte: »Eine Unverschämtheit! Dieser Cotta wird noch von mir hören! Das muss ich mir als gesetzestreuer Bürger nicht bieten lassen! Und jetzt raus hier!«

»Wie Sie wünschen, Sir«, sagte Justus. »Nur dass Sie hier richtig informiert sind: Während Sie auf Einbrecherjagd waren, haben wir uns länger mit Ihrem Vater unterhalten. Wir wissen, wie es um Ihr Verhältnis zu ihm bestellt ist. Ihr Vater leidet sehr darunter und er weiß auch, was er dazu beigetragen hat. Aber zerrüttet ist Ihr Verhältnis auf jeden Fall, das kann man wohl festhalten. Und Ihr Vater hat Sorge, dass Sie sein Erbe, nun, wie soll ich das sagen, gern aktiv etwas früher antreten würden.«

»Grundlose Verdächtigungen! Alles Spekulation!«, empörte sich Jay Zychal.

»Mag sein. Was aber sehr konkret ist, ist die Aussage von Doña Ligia«, fuhr Justus fort. »Sie hat uns erzählt, dass sie auf Ihre Veranlassung hin ihren Bruder nach Rocky Beach geholt hat. Wir haben ein Foto gesehen: Das ist ganz klar der Schlangenräuber!«

»Ligia ist illegal im Land. Ich an ihrer Stelle wäre ganz vorsichtig, sonst ist sie schneller wieder in Mexiko, als sie Piep sagen kann.«

»Das kann schon sein, Sir. Aber vergessen Sie eines nicht: *Sie* beschäftigen eine Pflegerin ohne Papiere. Das bedeutet: Auch Sie haben sich strafbar gemacht. Unsere Rekonstruktion der Ereignisse und Ihrer Ziele mag in der Tat ›Spekulation‹ sein. Aber Ihr Gesetzesverstoß ist klar, eindeutig und handfest«, sagte Justus und sah Jay Zychal direkt in die Augen.

Der senkte den Kopf.

»Und Ihr finsterer Plan hätte gar nicht klappen können«, schob Peter triumphierend nach. »Die Schlangenphobie hatte Ihr Vater nämlich nur erfunden.«

»Wie?« Jay sprang auf. »Das hast du dir alles ausgedacht?« Er blickte Mr Zychal wütend an. Der nickte zögernd und wollte etwas sagen, aber sein Sohn ließ ihn nicht zu Wort kommen. »Ich fass es nicht!« Jay schüttelte heftig den Kopf. »Ich fass es einfach nicht! Du warst nie da, wenn ich dich am meisten gebraucht hätte: als Jugendlicher, als es nirgendwo richtig lief, bei den Mädchen nicht und in der Schule auch nicht. Bis abends spät warst du immer im Büro. Geldverdienen war immer wichtiger als ich! Aber wenigstens am Wochenende hätte ich so gern was mit dir gemacht.« Mr Zychal senior hatte das Gesicht in den Händen vergraben. Die Handbewegungen seines Sohns wurden immer ausladender. »Ich wäre so gern mit dir zelten gegangen, wie meine Klassenkameraden mit ihren Vätern. Nur wir beide, verstehst du, ohne Anrufe aus dem Büro. Nur wir beide! Und dann hätten wir geangelt und Feuer gemacht und im Zelt gelegen und im Dunkeln miteinander erzählt. Aber nein, das ging ja nicht – alles wegen deiner blöden Schlangenphobie! Und jetzt stellt sich raus, dass das alles erstunken und erlogen war …«

Jay brach ab und ließ sich erschöpft in einen Stuhl fallen. Sein Vater hob langsam den Kopf und sah ihn traurig an.

Jay schluckte. »Papa, was habe ich nur gemacht?«, stammelte er schließlich. »Du hättest … du hättest sterben können. Das wollte ich doch nicht!« Er fing an zu weinen.

Bob sagte: »Ich glaube, wir gehen jetzt besser.«

»Aber –«, wollte Peter einwerfen, doch der dritte Detektiv schob seine Kollegen einfach aus dem Zimmer.

Puh, ganz schön heftig! Was das für die Ermittlungen der drei ??? bedeutet, erfährst du auf Seite 140.

Du bist von Seite 95 hierhergelangt.

Peter und Bob waren immer noch beeindruckt, wie Justus es mit einer Mischung aus erwachsenem Auftreten und Druck geschafft hatte, den Direktor des Botanischen Gartens zu einem Gespräch am Samstagmorgen zu bewegen. Er hatte die Jungen zu sich nach Hause gebeten. Sein Wohnzimmer wirkte wie eine gemütliche Höhle mitten im Dschungel: An den Wänden standen dicht an dicht mannshohe Pflanzen; ein Netz, das unter der Decke aufgespannt war, bot Schlingpflanzen Halt, die ein grünes Dach über dem Sofa bildeten. Als die drei ??? hereinkamen, fütterte der Direktor gerade seine Venusfliegenfalle mit lebenden Käfern. Die Jungen konnten den Blick kaum abwenden.

»Vielen Dank, dass Sie dieses Treffen so kurzfristig möglich machen konnten«, begann Justus schließlich das Gespräch.

»Es wäre gut, wenn wir das hier kurz halten könnten. Ich muss meinen Sohn noch zu einem Baseball-Spiel fahren.«

»Sicher, Sir. Ich weiß, wie froh Sie sind, dass die Schlange wieder da ist – und wie erleichtert, dass wir uns in Sachen *weiße* Anakonda bedeckt gehalten haben. Die Schlagzeilen wären nicht schön gewesen. Es gab ja auch so schon Stimmen, die Ihren Rücktritt forderten …«

Justus lächelte.

Der Direktor lächelte gequält.

Justus machte eine Kunstpause. »Sir, wir brauchen Ihre Hilfe, um diesen Fall zu lösen.«

»Den Fall zu lösen? Ich glaube, ich verstehe nicht richtig. Die Schlange ist doch wieder da!«, rief Mr Grunstatter erstaunt.

Weiter auf Seite 116.

»Sie? Ah ja«, wiederholte der junge Mann grinsend, nachdem er einen Blick in die Aufzuchtstation geworfen hatte. »Ist das Kunstschnee? Ein Glück, dass keines der Terrarien direkt auf dem Boden stand. Können Sie mal bitte das Gas abstellen und den Schlauch rausziehen, damit ich an die Tür komme? Und vielleicht könnte einer der Herren mir noch seine Stiefel leihen?« Dakota Rudesill wies auf seine Flip-Flops. »Wäre nicht so angenehm mit dem ganzen Schnee. Größe dreiundvierzig habe ich.«

Widerstrebend zog einer der Feuerwehrleute seine Stiefel aus und reichte sie dem Reptilienfänger. Der schlüpfte hinein, öffnete die Tür und ging bedächtig auf die Schlange zu, die vor der Kälte auf dem Fußboden geflohen war und jetzt auf Brusthöhe in einem Regal lag. Sonderlich erstarrt wirkte sie nicht.

»Ohne Schutzkleidung! Nur mit einem Haken!«, flüsterte einer der Feuerwehrleute bewundernd. Ungläubig schüttelte er den Kopf. Alle drängten sich um die Tür, um einen Blick durch die Scheibe zu erhaschen. Dakota Rudesill griff die Schlange mit dem Haken, packte sie mit der anderen Hand direkt hinter dem Kopf und verstaute sie sicher in ihrem Terrarium.

Als er herauskam, klatschten alle. Dakota Rudesill schlüpfte wieder in seine Flip-Flops und wandte sich zum Gehen. »Und bitte stellen Sie doch die Heizung für die Schlangen wieder an. Nicht dass Sie am Ende noch Ärger bekommen wegen Tierquälerei!«

Weiter auf Seite 84.

Du bist von Seite 77 hierhergelangt.

Du bist von Seite 68 hierhergelangt.

Diesmal hatten die drei ??? einen Blumenstrauß für die Eltern und eine Stoffrassel für das Baby gekauft. Justus und Peter zogen sich wieder die Uniformhemden des Botanischen Gartens an und fuhren zu Familie Holt.
Auf ihr Klingeln öffnete die freundliche Mutter, das Kind auf dem Arm. Justus sagte sein Sprüchlein auf. Mrs Holt bat beide herein: »Das ist aber nett vom Botanischen Garten! So schöne Blumen! Und seht ihr, wie sich Dana über die Rassel freut?« Gut gelaunt erzählte sie: »Das wäre aber wirklich nicht nötig gewesen! Dana ist ja überhaupt nichts passiert. Mein Mann hatte natürlich Panik. Aber was meint ihr, wie oft Dana am Tag hinfällt? Und meistens nicht so gut gepolstert wie mitten in einen Riesenfarn. Obwohl das Ganze natürlich schon ein bisschen aufregend war. Pastor Elmquist hat mich nachher angerufen und sich entschuldigt.«
»Ich verstehe nicht ganz«, unterbrach Justus vorsichtig.
»Er ist ihr Patenonkel und hat uns seine Karten für die Führung geschenkt. Sonntag ist ja sein Hauptarbeitstag …«
Justus hatte erfahren, was er wissen wollte. Nach einigen Minuten verabschiedeten sich die beiden Detektive.
»Na, das war wohl nichts«, sagte Peter, als sie zurück zum Auto gingen. »Ein fallfreudiges Kind und ein Pastor, der wahrscheinlich als Einziger wusste, dass Familie Holt an der Führung teilnehmen würde. Sieht so aus, als müssten wir doch deinen Onkel befragen, Just.« Er lachte.
»Versprochen«, antwortete der Erste Detektiv. »Aber morgen Mittag fahren wir erst mal zu Mr Zychal.«

Weiter auf Seite 52.

Du bist von Seite 18 hierhergelangt.

»Sir, wir halten unsere Versprechen stets«, sagte Justus würdevoll. »Ich ziehe es einfach vor, mich in diesem Fall der Hilfe von Experten zu versichern. Einen Moment bitte.« Leise wandte er sich an Peter: »Hast du unser Firmenhandy dabei?«

Peter reichte es ihm. »Die Kurzwahl für Inspektor Cotta ist –«

»– die Sieben.« Justus drückte die Taste. »Inspektor Cotta? Hier Justus Jonas. Inspektor, wir brauchen Ihre Hilfe.«

»Was habt ihr denn nun schon wieder ausgefressen?«, fragte Cotta misstrauisch.

»Wir haben nichts ausgefressen, sondern einen skrupellosen Schlangenhändler gestellt!«

»Das hat doch nicht etwa mit dieser gestohlenen Anakonda aus dem Botanischen Garten zu tun? Ich hatte euch doch ausdrücklich gesagt, dass ihr euch da raushalten sollt!«

»Im Moment geht es nicht um eine Anakonda, sondern um einen Gebänderten Krait.«

»Hä?«

»Bungarus fasciatus.«

»Justus, irgendwann werde ich dir mal … Ach, lassen wir das.« Cotta seufzte resigniert. »Was willst du?«

»Schicken Sie doch bitte fünf Kollegen und einen Krankenwagen in den Sunnyridge Drive östlich vom Long Beach Freeway. Hausnummer 102. Und noch ein paar Schlangenbändiger vom L. A. Zoo.«

»Wie bitte?! Sonst noch was?«

»Ach so, ein paar Beamte vom Fish and Wildlife Service wären auch nicht schlecht. Wir haben es hier mit dutzendfachen Verstößen gegen das Washingtoner Artenschutzabkommen zu tun.«

»Ah ja.« Cotta klang matt.
»Und ehe ich es vergesse: Eine Dosis Antiserum gegen *Bungarus fasciatus* wäre wohl ratsam. Nur so zur Sicherheit, verstehen Sie? Wir haben nicht verifizieren können, wie frisch die hiesigen Bestände sind.«
»Nur so zur Sicherheit … Justus, ich kann nur hoffen, dass du nicht völlig größenwahnsinnig geworden bist.«
»Nein, Sir. Nie, Sir.«
Cotta schnaubte und legte auf.
»Mein Antiserum!« Mr Snake klang zunehmend hysterisch.
»Ist unterwegs!«, rief Justus durch die Tür. »Keine Sorge. Wir haben alles organisiert. Sie wissen ja: die Polizei, dein Freund und Helfer.«
Peter und Bob mussten lachen. Zum ersten Mal an diesem Tag klang es fröhlich.

Weiter auf Seite 77.

Peter und Bob waren immer noch beeindruckt, wie Justus es mit einer Mischung aus erwachsenem Auftreten und Druck geschafft hatte, den Direktor des Botanischen Gartens zu einem Gespräch am Samstagmorgen zu bewegen. Er hatte die Jungen zu sich nach Hause gebeten. Sein Wohnzimmer wirkte wie eine gemütliche Höhle mitten im Dschungel. An den Wänden standen dicht an dicht mannshohe Pflanzen; ein Netz, das unter der Decke aufgespannt war, bot Schlingpflanzen Halt, die ein grünes Dach über dem Sofa bildeten.
Statt einer Begrüßung griff der Direktor betont lässig zu einer Dose auf der Fensterbank, entnahm ihr eine Handvoll lebender Käfer und begann, eine riesige Venusfliegenfalle damit zu füttern. Alle drei Jungen sahen gebannt zu. Fast glaubten sie, die Fangblätter zuschnappen zu hören.
Justus fing sich als Erster: »Ich weiß ja, wie froh Sie sind, dass die Schlange wieder da ist – und wie erleichtert, dass wir uns zum Thema *weiße* Anakonda bedeckt gehalten haben. Die Schlagzeilen wären nicht schön gewesen. Es gab ja auch so schon Stimmen, die Ihren Rücktritt gefordert haben …«
Der Erste Detektiv lächelte.
Mr Grunstatter lächelte gequält.
»Bob, stell doch bitte Mr Grunstatter vor, was du heute Morgen noch in der Stadtbücherei recherchiert hast.«
»Ich habe mir angeschaut, was unsere Bibliothek über den ehemaligen Zoo von Rocky Beach so gesammelt hat. Die haben wirklich alles archiviert: Jahresberichte, Flyer, Pressemitteilungen, Fotos … Auffällig ist, dass die weiße Anakonda nirgendwo auftaucht. Also muss die Schlange noch kurz vor der Schließung des Zoos gekauft worden sein. Oder der Zoo

Du bist von Seite 95 hierhergelangt.

hatte sie schon länger, hat sie aber noch nie öffentlich gezeigt. Beides würde ein schlechtes Licht auf die Führung des Zoos werfen, denn im ersten Fall wäre ein so teurer Kauf angesichts der sich abzeichnenden Finanzprobleme unverantwortlich gewesen. Im zweiten Fall stellt sich die Frage: Warum die Schlange vor der Öffentlichkeit verbergen?«

»Klingt logisch«, sagte Mr Grunstatter. »Aber warum erzählst du mir das alles? Das hat doch nichts mit mir zu tun.«

»Stimmt das?«, fragte Bob und seine Stimme wurde härter. »Ich habe recherchiert, dass Richard Snout, der Zoo-Chef, und Sie auf dieselbe Uni gegangen sind und zusammen Lacrosse gespielt haben. Das haben Sie aber nie an die große Glocke gehängt. Denn Mr Snout saß als Zoo-Direktor im Aufsichtsrat des Botanischen Gartens, der damals über Ihre Anstellung zu entscheiden hatte.«

Der Direktor griff nach einem Taschentuch und tupfte sich die Stirn.

»Und der Aufsichtsrat hat dann ja zu Ihren Gunsten entschieden«, nahm Justus den Gesprächsfaden auf. »Wenn wir also davon ausgehen, dass Mr Snout teure Tiere gekauft hat, die er nicht hätte kaufen dürfen – vielleicht eine ganz private Sammelleidenschaft, die er vor der Öffentlichkeit geheim gehalten hat –, wollten Sie dann Ihren alten Freund Richard Snout schützen? Fehlen deswegen die Seiten in dem Ordner, der die Vorgeschichte des Tieres dokumentiert?«

Mr Grunstatter sah zu Boden. »Ich hätte diese Schlange einfach nicht öffentlich ausstellen sollen«, murmelte er.

Peter schaltete sich ein: »Oder ging es hier eigentlich um das Terrarium? Der Räuber hat ja wirklich bemerkenswert schnell ein Loch hineingeschnitten. Haben Sie geahnt oder gewusst, wie leicht es zu knacken war? Ich hatte vor Kurzem Kontakt mit einem Tierhändler, der einen sehr gut informierten Eindruck machte. Der hat mir bestätigt, dass dieses Terrarium nie für die Ausstellung von Schlangen im öffentlichen Raum hätte verwendet werden dürfen.«

Mr Grunstatter wirkte zerknirscht. »Ich weiß«, sagte er leise. »Unsere Mittel sind uns zusammengestrichen worden. Ein Terrarium der entsprechenden Sicherheitsklasse stand erst für nächstes Jahr auf der Einkaufsliste.«

»Verstehe«, sagte Peter. »Die Berichte über eine geraubte Schlange waren unangenehm genug für Sie. Eine geraubte Hunderttausend-Dollar-Schlange hätte ein noch viel größeres Medienecho gehabt. Und damit potenziell noch mehr Leute, die sich mit den Sicherheitsstandards für die Haltung gefährlicher Schlangen auskennen. Deswegen haben Sie verschwiegen, dass es sich bei dem geraubten Tier um eine kostbare Albino-Schlange handelt. Korrekt?«

»Ich wusste mir nicht anders zu helfen.« Mr Grunstatter blickte um sich und senkte die Stimme: »Wenn das rauskommt, bin ich die längste Zeit Direktor des Botanischen Gartens gewesen.«

»Keine Sorge«, beruhigte ihn Justus leise. »Wir wollen Ihnen nicht schaden. Wir wollen nur den Fall lösen. Und dafür brauchen wir Ihre Hilfe.«

»Den Fall lösen? Aber die Schlange ist doch wieder da!«, rief Mr Grunstatter erstaunt.

Weiter auf Seite 116.

Du bist von Seite 89 hierhergelangt.

»Er fährt auf der East Chavez Avenue über den San Bernadino Freeway weiter Richtung Osten«, berichtete Bob.

Das Funkgerät knisterte.

»Und? Was ist?«, wollte Justus aufgeregt wissen.

»Er fährt weiter Richtung Osten.«

»Und du?«

»Ich bin zwei Autos hinter ihm, Just«, sagte Bob betont langsam.

»Nicht, dass er auf dich aufmerksam wird!«

»Mensch, Justus, ich mach das doch nicht zum ersten Mal!«

Knapp gab Bob immer wieder seine Position durch: »Wir haben den Golden State Freeway überquert. – Evergreen Memorial Park. – Jetzt sind wir am Long Beach Freeway.«

Justus hatte aus dem Fach in der Beifahrertür von Joels Wagen eine Straßenkarte gefischt und verfolgte gebannt, wie Mr Snake und Bob Richtung Osten fuhren. Joel und er waren – wie Peter auch – zu weit entfernt, um den dritten Detektiv bei der Verfolgung unterstützen zu können.

»Rechts kommt der Belvedere Park. Mist!«, tönte Bobs Stimme aus dem Lautsprecher. »Dieser Laster ist einfach rückwärts auf die Straße … Komm schon, komm schon! … Ah, endlich! … Nein! Mr Snake … ich hab ihn verloren!«

»Bob, bleib auf Chavez und drück auf die Tube! Der will bestimmt zum South Atlantic Boulevard.«

Wie wir Justus kennen, hat er blitzschnell alle Wahrscheinlichkeiten gegeneinander abgewogen. Folge seinem Rat und lies weiter auf Seite 112.

Oder soll Bob selbst entscheiden? Dann Seite 87.

Wegen des dichten Verkehrs dauerte es über eine Dreiviertelstunde, bis sie endlich an der Fourth Street Bridge in Los Angeles ankamen. »Ein Glück, dass wir früh losgefahren sind«, sagte Peter. »So haben wir noch genug Zeit, um in Ruhe die Umgebung auszukundschaften, bevor Mr Snake kommt.«

»Wo trifft sich Joel genau mit ihm?«, wollte Justus wissen.

Bob schaute in seinen Notizblock. »Auf der östlichen Seite vom Fluss, zwischen der First Street Bridge und der Fourth Street Bridge. Meistens kommt er aus Süden angefahren und rast dann Richtung Norden davon.«

»Dann finden wir zuerst im Norden die Stelle, wo Mr Snake wahrscheinlich zurück auf die Straße fährt, und gucken dann südlich der Übergabestelle«, entschied Justus.

Die Suche gestaltete sich schwierig. Die düster wirkenden Industriebetriebe reichten bis direkt an den Flutkanal, der durchgehend eingezäunt war. Aber gleich hinter der East Cesar E. Chavez Avenue fanden sie bei einem Schrottplatz eine Stelle, wo die Absperrung durchbrochen war.

»Ich gehe in das Büro da vorne, den Chef ablenken«, bot Justus an, »und ihr schleicht euch über den Hof und seht nach, ob Mr Snake hier tatsächlich durchkommen würde.«

Während der Erste Detektiv den Schrotthändler in ein Fachgespräch über Alteisen verwickelte und sich dabei so hinstellte, dass dieser einen möglichst schlechten Blick nach draußen hatte, tauchten Peter und Bob unter dem Fenster des Büroháuschens durch. Sie schlugen sich links am Berg mit dem Buntmetall vorbei und an der Schrottpresse entlang, über der ein uralter Chevrolet am Magnethaken in der Luft schwankte.

Du bist von Seite 82 oder 121 hierhergelangt.

»Schnell weiter«, flüsterte Bob und schaute wie Peter beunruhigt nach oben.
»Mist«, fluchte der Zweite Detektiv. Er zeigte auf eine verrostete Gartenpumpe, an der er sich seine Jeans aufgerissen hatte.
»Kann man bestimmt flicken«, beruhigte ihn Bob. »Wenigstens hast du dich nicht verletzt. Komm, weiter!« Sie rannten zum Flutkanal. »Ich würde sagen, ein Wagen mit Allradantrieb kommt hier locker die Böschung hoch. Dann muss er nur da über die Gleise und dann mit Karacho hier über den Platz auf die Straße«, sagte Bob.
Sie huschten zurück, beorderten Justus mit dem Ruf des Rotbauchfliegenschnäppers aus dem Büro des Schrotthändlers ab und fuhren dann alle gemeinsam nach Süden, um auch für Peter eine geeignete Stelle zu finden. Der Zweite Detektiv bezog Position am East Olympic Boulevard im Süden, wo man über den Hof eines großen Transportunternehmens an den Los Angeles River kam.
Justus postierte sich in einem der tief verschatteten Durchgänge im nordöstlichen Turm der Fourth Street Bridge. So konnte er nach Norden zur Übergabestelle schauen und lief nicht Gefahr, sich durch eine Reflexion seines Fernglases im Sonnenschein zu verraten. Den Kontakt zu Peter und Bob wollte er mithilfe der Funkgeräte halten. Um halb sechs waren alle an ihrem Platz. Nun hieß es warten.

Du bist von Seite 82 hierhergelangt: Weiter auf Seite 115.
Du bist von Seite 121 hierhergelangt: Weiter auf Seite 89.

Du bist von Seite 16 hierhergelangt.

»Was ist denn hier los, Bob?«, wunderte sich Justus. »Gerade noch in Sachen ›Einbruch‹ entsetzt – und wenn ich eine kreative Idee habe, ist alles auf einmal kein Problem mehr? Auf deine Intervention hin haben wir unsere nächtliche Recherche-Runde bei Mr Grunstatter abgesagt, dabei bleibt's jetzt!« Der Erste Detektiv konnte sehr bestimmt auftreten.

»Okay, okay, Justus«, schaltete sich Peter ein. »Aber selbst wenn dein Plan funktioniert: Der Artikel kann frühestens Mittwoch in der Zeitung stehen, für morgen werden die das nicht mehr ins Blatt bekommen. Bis dahin einfach die Hände in den Schoß zu legen und zu warten sieht dir nicht ähnlich. Dann lass uns doch lieber noch mal überlegen, wie wir an den Schwarzmarkt für gestohlene Tiere rankommen.«

»Auf jeden Fall nicht, indem man –«

»Musst du uns die Besuche in den Tiergeschäften immer noch aufs Butterbrot schmieren?«, fragte Bob genervt. »Mir ist da eine Idee gekommen: Ihr kennt doch Joel, der immer in diesen schwarzen Klamotten rumläuft und den sie vor ein paar Monaten aus der Tier-AG geschmissen haben, weil er eigentlich immer nur gefährliche Reptilien züchten wollte?«

»Ach, du meinst Gruftie?«, fragte Peter.

»Das ist wohl sein Spitzname. Aber er heißt Joel. Eigentlich ein echt netter Kerl. Und der totale Schlangen- und Echsen-Freak. Vielleicht kann der uns weiterhelfen.« Bob rief ihn an und Joel lud die drei ??? ein, gleich am nächsten Nachmittag bei ihm vorbeizukommen.

Weiter auf Seite 106.

Die Jungen saßen auf dem Rinnstein vor dem Haus und diskutierten erregt.
»Diese Camping-Fixierung des Sohns ist doch total albern!« Justus schüttelte den Kopf.
»Denk daran, dass Mr Zychal senior das war, was man wohl einen abwesenden Vater nennen muss«, gab Bob zu bedenken. »Da hat sein Sohn das Zeltengehen einfach symbolisch überhöht. Es ist wahrscheinlich kein Zufall, dass der Sohn ausgerechnet auf die Methode ›Schlangen-Schreck‹ verfallen ist, obwohl es doch deutlich einfachere und vor allem – in Anführungszeichen – sicherere Wege gegeben hätte, seinen Vater aus dem Weg zu räumen. Ich glaube nicht, dass es ihm wirklich darum ging, Mr Zychal umzubringen.«
»Das ist mir jetzt alles zu psychologisch!«, schimpfte Peter. »Ich bin Detektiv und kein Psychoanalytiker. Und wie muss man sich das jetzt vorstellen? Liegen die sich tränenüberströmt in den Armen und dann setzen im Hintergrund die Geigen ein? Versöhnung, Happy End, Abspann? Doch wohl nicht im Ernst!«
»Das wissen wir nicht«, antwortete Justus. »Und ich weiß nicht, ob ich das meinem Sohn je verzeihen könnte. Aber ich weiß auch nicht viel über Väter.« Er fuhr sich mit der Hand über die Augen.
»Was wir aber wissen«, fuhr Justus nach einer langen Pause fort, »wir haben nicht viel in der Hand. Entscheidend wäre der Schlangenräuber, aber der sitzt irgendwo in Mexiko und für einen internationalen Haftbefehl reicht es nicht.«
»Und wie geht es jetzt zwischen den beiden weiter?«, wollte Peter wissen.

Du bist von Seite 125 hierhergelangt.

»Gute Frage«, antwortete Justus. »Vielleicht zieht der alte Mr Zychal einfach aus. Vielleicht geht er trotz der eher dürren Erfolgsaussichten mit der Schlangengeschichte zur Polizei. Vielleicht zeigt er seinen Sohn wegen der illegalen Beschäftigung von Ligia an – obwohl er dann möglicherweise mit drinhängen würde. Vielleicht lässt er auch einfach sein Testament ändern. Vielleicht raufen sich die beiden wieder zusammen.«

»Also, für meinen Geschmack ist das zu oft ›vielleicht‹«, sagte Peter. »Habt ihr keine Angst, dass Jay Zychal einen anderen Weg findet, um seinem Vater was anzutun?«

»Du, das kann ich mir nicht vorstellen«, sagte Bob. »Wir haben doch gerade alle gesehen, dass er mit den Nerven völlig am Ende war. Ich glaube, so richtig hat er erst jetzt begriffen, was er da eigentlich getan hat.« Bob schüttelte langsam den Kopf. »Außerdem hat Jay seinen Vater letzten Sonntag ja schon symbolisch umgebracht – das muss er jetzt nicht noch einmal machen.«

Peter zuckte mit den Schultern: »Bob Andrews: Recherchen, Archiv und psychologische Kurzgutachten. Okay, okay – Bob, unser Menschenkenner. Und was heißt das für die drei ???? War's das jetzt?«

Justus nahm seine Finger zu Hilfe: »Wir haben den Tathergang aufgeklärt, wir haben Motivlage und Täter ermittelt, und wir haben dauerhaft Gefahr für Leib und Leben eines Mitbürgers abgewendet – da teile ich ganz Bobs Einschätzung. Und wenn wir jetzt noch Mr Zychal junior nahelegen, dem Botanischen Garten das neue Terrarium aus Panzerglas zu bezahlen, haben wir sogar noch eine Einrichtung von öffentlichem Interesse unterstützt. Ich finde, für dieses Mal reicht das.«

Peter grummelte: »Also, mir sind immer noch die Fälle am liebsten, wo wir am Ende die Pistolen einsammeln, uns den Staub von der Hose klopfen, bei Inspektor Cotta anrufen und einen Streifenwagen bestellen; dann werden die Bösen verhaftet und wir fahren zu Tante Mathilda, Kirschkuchen essen.«

»Mit meinen Ausführungen wollte ich in Sachen kulinarisch erfreuliches Finale nichts präjudiziert haben«, antwortete Justus.

Da platzte Peter der Kragen: »Oh Mann, Justus, der Dreh mit den lateinischen Pflanzennamen war ja schon beeindruckend, aber ansonsten hab ich einfach die Nase gestrichen voll von deinen ewigen Wörtern mit Migrationshintergrund!«

Der Erste Detektiv schaute Peter verständnislos an. Bei Bob fiel der Groschen als Erstes: »Fremdwörter!« Bob hob anerkennend die Hand. Der Zweite Detektiv schlug stolz ein.

Endlich begriff auch Justus und musste mitlachen. »Ich übersetze meine letzte Wortmeldung leicht verkürzend: Kirschkuchen gibt's auf jeden Fall. Und jetzt los zu Tante Mathilda!«

PATRIC HEIZMANN

Ich mach mich mal dünn

Vom Kampf mit dem inneren Schweinehund und wir ihm ein Schnippchen schlagen

WILHELM HEYNE VERLAG
MÜNCHEN

FSC
www.fsc.org
MIX
Papier aus verantwortungsvollen Quellen
FSC® C014496

Verlagsgruppe Random House FSC® N001967
Das für dieses Buch verwendete FSC®-zertifizierte Papier
Lux Cream liefert Stora Enso, Finnland.

Taschenbucherstausgabe 02/2015

Redaktion: Jens R. Nielson
Umschlaggestaltung: Hauptmann und Kompanie
Werbeagentur, Zürich,
unter Verwendung eines Fotos von © Mirko Hannemann
Illustrationen: Wolfgang Pfau, www.pfau-design.de
Printed in Germany 2015
Druck und Bindung: GGP Media GmbH, Pößneck

ISBN: 978-3-453-60339-4
www.heyne.de